The Rose and the Yew Tree

玫瑰与紫杉

〔英〕
阿加莎·克里斯蒂 著
陈俞均 译

人民文学出版社
PEOPLE'S LITERATURE PUBLISHING HOUSE

著作权合同登记号 图字 01-2016-8671

图书在版编目(CIP)数据

玫瑰与紫杉/(英)阿加莎·克里斯蒂著;陈佾均译.—北京:人民文学出版社,2016
(阿加莎·克里斯蒂"心之罪"系列)
ISBN 978-7-02-012112-0

Ⅰ.①玫… Ⅱ.①阿… ②陈… Ⅲ.①长篇小说-英国-现代 Ⅳ.①I561.45

中国版本图书馆 CIP 数据核字(2016)第 245183 号

The Rose and the Yew Tree
Copyright © 1948 The Rosalind Hicks Charitable Trust.
All rights reserved.
AGATHA CHRISTIE® and the Agatha Christie Signature are registered trade marks of Agatha Christie Limited in the UK and elsewhere.
All rights reserved.
Agatha Christie, a Mary Westmacott novel.

本书译文由台湾远流出版事业股份有限公司授权使用

责任编辑　朱卫净　杜　晗
装帧设计　汪佳诗
封面插画　晚　门

出版发行　人民文学出版社
社　　址　北京市朝内大街 166 号
邮政编码　100705
网　　址　http://www.rw-cn.com

印　　制　山东德州新华印务有限责任公司
经　　销　全国新华书店等

字　　数　169 千字
开　　本　890 毫米×1240 毫米　1/32
印　　张　8.75
版　　次　2017 年 1 月北京第 1 版
印　　次　2017 年 1 月第 1 次印刷

书　　号　978-7-02-012112-0
定　　价　35.00 元

如有印装质量问题,请与本社图书销售中心调换。电话:01065233595

目录

序章	·001
第一章	·014
第二章	·025
第三章	·032
第四章	·044
第五章	·058
第六章	·066
第七章	·070
第八章	·081
第九章	·090
第十章	·101
第十一章	·117
第十二章	·125
第十三章	·136
第十四章	·147
第十五章	·153
第十八章	·163
第十七章	·173
第十八章	·182
第十九章	·191

第二十章	·204
第二十一章	·214
第二十二章	·225
第二十三章	·233
第二十四章	·237
第二十五章	·256
第二十六章	·264
终章	·270

特别收录

● 玛丽·韦斯特马科特的秘密　罗莎琳德·希克斯·273

玫瑰盛开和紫杉蓊郁的片刻
同样短长。

T.S. 艾略特

序章

那时我在巴黎。我的管家帕菲特前来通报,有位女士来访。"她说,"帕菲特补上一句,"有很重要的事。"

那时候我已经习惯不见没有事先约好的人。紧急要见你的人,几乎全是为了得到财务上的协助;但真的需要财务协助的人,反而几乎不会来要求。

我问帕菲特,来访者叫什么名字,他递给我一张卡片,上面写着:凯瑟琳·尤格比安,我从来没听过这个名字,而且老实说,我不大喜欢这个名字。我一改之前认为她需要财务协助的想法,转而推测她是想来卖东西的——大概是那种自己送上门、售价也虚报的假古董吧,只能靠着三寸不烂之舌推销给不情愿的顾客。

我说抱歉,我没办法见尤格比安女士,但她可以把想说的事情写下来。

帕菲特点点头,然后退下。他非常可靠,像我这种残废了的人就需要一个可靠的人随侍在旁,我毫不怀疑他会把这件事处理掉。然而,大大出乎我意料,帕菲特又出现了。他说,那位女士相当坚持,说这件事情攸关生死,而且和我一个老朋友有关。

这么一说,我忽然好奇起来;不是因为这个讯息,那很明显只是个诡计,生死攸关和老朋友是这种游戏常用的伎俩。不是因为这个。让我好奇的是帕菲特的举动,为了这种讯息而折回来,不像他的作风。

我立刻下了结论,结果却是大错特错。我以为凯瑟琳·尤格比安一定美得不得了,或者至少颇具魅力;除此之外,我想没有别的理由能够解释帕菲特的举动了。

男人毕竟是男人,即使我已经五十岁又行动不便,还是受不了诱惑。我想见见这个有办法征服向来无可挑剔的帕菲特心防的迷人尤物。

于是我请他带那位女士过来。凯瑟琳·尤格比安一进到房里,强烈的厌恶感害我差点喘不过气来!

没错,我现在了解帕菲特为什么让她进来了。他对人性的判断完全没错,看出凯瑟琳不达目的绝不罢手的个性,他终究抵挡不住,所以很明智地选择屈服,避免卷入一场疲惫漫长的战争。因为凯瑟琳·尤格比安有着和铁锤一样的固执,和瓦斯焊枪一样的单调乏味，再加上疲劳轰炸、滴水穿石的能耐，假如她想达到目的，耗下去的时间可没有上限，她会在我的门口坐上一整天。她是那种脑子里只容得下一件事情的女人，和头脑没那么简单的人相比，这可占了极大优势。

就像我之前说的，她进房时我吓了一大跳，本来我屏气凝神要好好看看美人儿，进来的女人却平凡到教人肃然起敬、永志难忘。注意，不是丑；丑有属于它自己的韵律与攻击模式，但凯瑟琳一张脸又大又扁，像个煎饼一样。她的嘴很大，上唇上面还有一点点小胡子；她的双眼小小的，而且颜色很深，让人想到加了劣质葡萄干的廉价餐包；她的头发又多又蓬、四处乱翘，而且油腻得不得了；她的身材毫无特色，可以说根本没有身材可言。她的衣服足够将她包起来，却没有一个地方合身。她看起来既不贫困也不富裕。她有个坚毅的下巴，但是她张嘴说话时，声音既粗糙又难听。

我以责怪的眼神看着帕菲特，他泰然自若地回应我的目光。显然，一如往常，他知道没人比他更清楚了。

"先生，这位是尤格比安女士。"他说。然后退出房间，把门关上，留下我任由这个看来意志坚决的女人摆布。

凯瑟琳故意向我走近。我从来没有感到这么无助、这么强烈意识到我行动不便的状态。应该远远逃离这个女人的，而我却没办法逃。

她开口说话，声音大而坚定。

"拜托，帮帮忙！你一定要跟我去一趟，拜托！"

这句话比较像是命令，而不是请求。

"你说什么？"我说，感到很惊讶。

"我怕我那个英文没有说得很好，但是没有时间了，没有！一点时间都没有。我要拜托你去加布里埃尔先生那里一趟，他病得很重，他会死掉，很快，非常快。他要找你，所以你一定要马上去看他。"

我盯着她看。老实说，我以为她疯了。我对加布里埃尔这个名字一点印象也没有，我敢说有部分是因为她的发音，听起来一点也不像加布里埃尔。

不过就算听起来很像，我也不认为我会想起谁。那已经是那么久以前的事了，就连我最后一次想起约翰·加布里埃尔都肯定有十年了。

"你说有人快死了？我……呃……认识那个人吗？"

她看了我一眼，眼里充满了责难。

"当然，你当然认识他，你和他很熟，而且他要找你。"

她是如此肯定，于是我开始绞尽脑汁地回想。她刚刚说了什么名字？盖布尔？加尔布雷斯？我倒是认识一个名叫加尔布雷斯的人，他是矿坑工程师，但只是点头之交而已；他似乎极不可能在临死关头把我找到床前。不过基于对凯瑟琳坚毅个性的赞赏，我一点也不怀疑她所言的真实性。

"你刚刚说什么名字？"我问，"加尔布雷斯？"

"不……不是。加布里埃尔。加布里埃尔！"

我目不转睛。这次我听对了，但脑海里只浮现有双大翅膀的天使加百列[1]。这个画面和凯瑟琳·尤格比安很搭,她有点像是那种常出现在早期意大利原始主义绘画最左边角落的认真女人,她的长相带着特殊的单纯,再加上一种热血拼命的神情。

她不放弃,固执地又加了一句:"约翰·加布里埃尔……"于是我就想起来了!

我全想起来了。我感到头晕目眩,有点想吐。圣卢[2]、那些老太太们、米利·伯特,以及约翰·加布里埃尔那张又小又丑但表情生动的脸,和他抬起脚跟摇来晃去的样子,还有鲁珀特,长得又高又帅像个青春洋溢的神。当然,还有伊莎贝拉……

我最后一次看到加布里埃尔是在萨格拉德,想起那时候发生的事,一股怒气和厌恶感陡然涌上心头……

"所以他快死啦,是吧?"我鲁莽地问,"我很高兴听到这个消息!"

"抱歉,你说什么?"

在人家礼貌地问"抱歉,你说什么?"之后,有些话实在不大方便再说一次。凯瑟琳·尤格比安看起来完全摸不着头绪。

---

[1] 加百列(Gabriel):为神传递讯息的使者,其英文拼音与"加布里埃尔"相同。
[2] St Loo,作者虚构的地名。这本小说中有些地名是真有其地,有些则是虚构的。"Loo"在英式英文有"厕所"的意思,作者在命名上意有所指。

我只是回答:"你说他快死了?"

"对,他现在很痛苦……痛苦得不得了。"

嗯,我也很高兴听到这件事。不管加布里埃尔受了什么苦,都没办法弥补他做过的事,但是在这位显然是加布里埃尔死心塌地的信众面前,我说不出这样的话。

我心里不高兴地想着,这家伙到底有什么好,总是能让女人爱上他?他丑到简直天理不容,又爱装模作样且粗俗自大。他算是有点头脑,在某些状况下(低俗的状况),他是个不错的同伴。他很有幽默感。不过这些都不大算是能讨女人欢心的特征。

凯瑟琳打断我的思绪。

"你会来吧?拜托!你会马上来吧?没时间了。"

我恢复镇定。

"亲爱的女士,很抱歉,"我说,"我恐怕没办法陪你去。"

"可是他要找你。"她坚持说。

"我不去。"我说。

"你不了解,"凯瑟琳说,"他病了。他快死了,他要找你。"

我进入备战状态。我已经渐渐明白(这是帕菲特一眼就看出来的事),凯瑟琳·尤格比安是不会轻言放弃的。

"你搞错了,"我说,"约翰·加布里埃尔和我不是朋友。"

她用力点点头。

"当然是啊……当然是啊。他在报上看到你的名字,说你人在这里,是委员会的成员。他要我找出你住在哪儿,然后找你来。拜托你一定要赶快来,很快很快,因为医生说现在没多久了。所以你会马上来吧?拜托!"

看来我得把话说白了。我说:"他干脆全身发烂、下地狱算了!"

"抱歉,你说什么?"

她不安地看着我,温和地皱皱她的长鼻子,试着想要了解。

"约翰·加布里埃尔,"我慢慢地、清楚地说,"不是我的朋友。我痛恨这个人……痛恨!你现在听懂了吗?"

她眨眨眼。看来她终于开始搞清楚状况了。

"你说……"她慢慢地说,像个孩子重复念一段困难的课文,"你说……你——痛恨——约翰·加布里埃尔?请问你是这样说的吗?"

"没错。"我说。

她微笑;教人抓狂的微笑。

"不,不,"她说,沉溺在自己的世界里,"不可能有这种事……没有人会痛恨约翰·加布里埃尔的,他是个很伟大、很好的人。我们所有认识他的人都乐意为他而死。"

"老天爷!"我激动地大叫,"这个人是做过什么事,让人们对他有这种感觉?"

我真是自找麻烦!她忘了身上任务的急迫性,坐了下来，将额头上一绺油腻的头发往后拨，一双眼睛充满热忱、闪闪发亮。接着她开口，然后滔滔不绝地说个不停……

她差不多说了十五分钟吧，我想。有时遇上困难的字，她会结结巴巴，让人无法理解；有时她的一字一句又如奔放的溪流般顺畅。不过，整体表现达到一部壮丽史诗的效果。

她的语气中满是敬畏和景仰、谦卑与崇拜。她谈到加布里埃尔时，就像是在谈弥赛亚一样，显然加布里埃尔对她的意义就是如此。她提到他的一些事迹，在我看来都是疯狂的幻想，完全不可能。她说的是一个温柔、勇敢且坚强的男人，是一位领导者、一个成功的人。她说的是一个为了让其他人能够活命而不惜赌上自己性命的人；一个嫉恶如仇、痛恨残忍和不公义的人。对凯瑟琳来说，他是先知，是国王，是救世主，是一个可以给予他们从未有过的勇气与力量的人。他不只一次遭到折磨拷打，变成残废，去了半条命；但不知怎地，他那残缺的身体光靠意志力就克服了这一切，而且继续做那些不可能的事。

"你是说，你不知道他做过的事？"她在此收尾，"可是所有人都知道克莱门特神父啊，所有人！"

我盯着她看——因为她说得没错，所有人都听说过克莱门特神父，这个名字家喻户晓，即便有些人认为这不过是个名字、是个神话，实际上这个人并不存在。

我该怎么描述克莱门特神父的传奇呢？想象一个狮心王

理查德，加上达米安神父和阿拉伯的劳伦斯的综合体[1]，一个同时身兼战士、圣人，还具备男孩一般横冲直撞、冒险犯难特质的人。一九三九至一九四五年的战后几年，欧洲和东方世界经历了一段黑暗时期，恐惧日渐高涨，残暴与野蛮的行为也随之滋长，文明开始崩裂。在印度和波斯都发生了令人发指的事件：集体屠杀、饥荒、折磨拷打、无政府状态……

然后一个身影穿过这片黑蒙蒙的迷雾，一个传奇人物出现了，他自称"克莱门特神父"，要来拯救孩子，将人们从痛苦中救出来，领着他的群众翻山越岭、走过不可能通过的路，并带他们到安全地带安顿下来，组成聚落。他受人崇拜、敬爱、景仰，那是个传说，不是人。

根据凯瑟琳的说法，克莱门特神父就是以前的约翰·加布里埃尔、前圣卢议员、花花公子、酒鬼，那个从头到尾永远只考虑自己的人。一个冒险玩家、投机分子，一个除了不怕死之外一无是处的人。

突然间我感到不安，心旌动摇了。虽然我认为凯瑟琳的故事非常荒诞，但有一点似乎是真的，克莱门特神父和加布

---

[1] 狮心王理查德（Richard Coeur de Lion, 1157—1199），即英王理查一世，由于他有如狮子般骁勇善战，因此获得"狮子心"的称号。达米安神父（Father Damien, 1840—1889），比利时天主教神父，一八七三年自愿到夏威夷的莫洛凯岛（Molokai）上为麻风病人服务，因此致病而死于岛上。阿拉伯的劳伦斯（Lawrence of Arabia, 1888—1935），本名 T. E. Lawrence，为英国军官，在一九一六至一九一八年担任阿拉伯对抗奥斯曼土耳其起义行动的协调者而声名大噪。

里埃尔两人都胆大过人。这位传奇人物的丰功伟业、救人时的莽撞、虚张声势……是的,还有他的无礼言行,确实是加布里埃尔的手法,没错。

但加布里埃尔一向是个自吹自擂的人,他的所作所为都是为了要出名。假如加布里埃尔是克莱门特神父,全世界自然都会被告知这个事实。

不,我不相信,我没有办法……相信……

然而,就在凯瑟琳上气不接下气地停顿下来,眼里的火花渐渐黯淡,并再度用她那坚持而单调的语气说"现在你会来了对吧?拜托!"的时候,我把帕菲特叫了过来。他扶我站起来,把拐杖递给我,然后扶我下楼,上了计程车。凯瑟琳也上了车,坐在我身旁。

我得搞清楚,你明白吧?也许是出于好奇,或是因为凯瑟琳的死缠烂打?(我最后一定会束手就擒的!)总之,我想见见他,我想看看有没有办法把我所认识的那个圣卢的约翰·加布里埃尔和克莱门特神父的故事套在一起。我想,也许吧,看看我是否会看到当初伊莎贝拉看到的;她肯定看到了那些东西,所以才会做出那些事……

跟着凯瑟琳走上狭窄的楼梯、并进入后面那间小小的卧房时,我不知道自己心里期待的是什么。房间里有个法国医生,留着胡子,一副自命不凡的样子。他本来弯着腰在看病人,一看到我便退后一步,礼貌性地示意我过去。

我看到那双眼睛好奇地打量着我。我就是这个伟大的人临终前想见的人……

看到加布里埃尔时,我吓了一跳。距离在萨格拉德那天那么久了,若是只看到这个安静躺在床上的人,我一定认不出来。我看得出他快要死了,生命终点近在咫尺,而且我完全不认识这个卧病在床的人。我必须承认,就外貌而言,凯瑟琳说得没错,那张憔悴的脸庞是张圣人的脸,有经历过苦难的痕迹,有苦行僧的容颜,而且散发出庄严的气息……

而这些特质,和我所认识的名叫约翰·加布里埃尔的人一点关系也没有。

然后他睁开了眼睛,见到我,露出笑容。一样的笑容,一样的眼睛——在又小又丑的小丑脸上的一双美丽眼睛。

他的声音非常虚弱。他说:"她找到你啦!亚美尼亚人真是太棒了!"

没错,是加布里埃尔。他向医生比了个手势,用他虚弱却傲慢的声音要求医生之前答应给他的兴奋剂。医生不愿意,但加布里埃尔比他强势。那会加速最后一刻的到来,我猜是因为这类原因吧,可是加布里埃尔清楚表达出最后这股能量对他很重要,而且确实非常必要。医生耸耸肩,顺了他的意思。他替病人注射完后,便和凯瑟琳一起离开,留下我和病人独处。

加布里埃尔马上开口了。

"我想让你知道关于伊莎贝拉的死。"

我告诉他,我都知道了。

"不,"他说,"我认为你不知道……"

于是他对我述说了在萨格拉德一间酒吧里发生的最后一幕。

我会在适当的场合将这一幕说出来。

之后他又说了另外一件事。就是因为另外的这件事,我现在才会写这个故事。

克莱门特神父属于历史,他英勇壮烈、坚韧不拔,充满博爱和勇气的一生,属于那些喜欢描写英雄故事的人。他开创的社会是我们新生活实验的基础,有很多人会为想象并草创出这一切的这个人立下传记。

这不是克莱门特神父的故事,这是约翰·梅里韦瑟·加布里埃尔的故事,大战时获颁维多利亚十字勋章,是个投机分子,也是个激情的感官动物,并且充满个人魅力。那时候他和我,用不同的方式,爱着同一个女人。

刚开始我们总是自己故事的主角,接着我们思考、怀疑、摸不着头绪,我也是如此。一开始这是我的故事,然后我以为是珍妮弗和我共同的故事,就像罗密欧与朱丽叶、特里斯坦与伊索德①。接着,在一片黑暗与幻灭之中,伊莎贝拉仿佛黑夜中的月光掠过我的眼前。她成为绣花图案的主题,而我不过是十字绣的衬底,不多,但也不少,要是没有平淡

---

① 特里斯坦与伊索德(Tristan and Iseult),流传于欧洲中世纪的爱情浪漫传说,情节曲折更甚罗密欧与朱丽叶。

无奇的背景来衬托,图案就不会突显出来。

现在,图案又变了。这不是我的故事,也不是伊莎贝拉的,是加布里埃尔的故事。

故事在这里要结束了,就在我将要开始的时候;由加布里埃尔作结,但是也从这里开始。

第一章

要从哪里说起呢？从圣卢？在纪念馆那场会议上，一位老将军（非常老）介绍了保守党属意的候选人——维多利亚勋章得奖人约翰·加布里埃尔少校。他站在那里发表演说，然而他单调平淡的声音和丑陋的长相，让所有人都有点失望，只得透过回想他的英勇以及提醒自己和民众接触的必要性，来激励我们自己——特权阶级已经卑微得可怜！

或者该从浦诺斯楼开始？在面海的那间长而低矮的房间里，天气好的时候，我会把躺椅放到外面的露台上，从那里眺望浪花滔滔的大西洋，还有突出海面、截断地平线的灰暗礁石，在那上头就是圣卢城堡的城垛与角楼。我总觉得，这幅景象看起来像是一八六〇年左右、一位浪漫少女的水彩素描。

因为圣卢城堡带着虚假的戏剧氛围，给人一种像是伪造出来的浪漫感觉。你知道，这是人们在还能不扭捏地全心享受浪漫主义时建造的，它让人联想到围城、火龙、被俘虏的公主、穿盔甲的骑士，以及所有不怎么样的历史电影里会出现的华丽场面。当然，仔细想一想，历史其实就是一部烂电影。

看到圣卢城堡，会让人觉得接下来会出现像是圣卢夫人、崔西莉安夫人、查特里斯太太以及伊莎贝拉这类人物。令人惊讶的是，还真的有这些人！

我是不是该从这里开始，从那三位老太太——直挺挺的身上穿着单调老气的衣服，钻石配件也非常老式——的来访说起？还是从我很感兴趣地对特雷莎说"她们不可能……就是不可能……是真的吧？"说起？

或者我应该从更早一点开始，譬如从我上了车准备去诺霍特机场[①]见珍妮弗说起？

但在那之后又是我的人生——自三十八年前开始，并在那天结束……

❖

这不是我的故事，我之前就说过了，不过是用我的故事

[①] 诺霍特机场（Northolt Aerodrome），英国皇家空军（Royal Air Force）于伦敦的机场，至今仍保有当年丘吉尔指挥英伦战役（Battle of Britain）的指挥行动室。

开的头。这个故事从我——休·诺里斯——开始。回顾我的人生，我发现自己和其他人差不多，没有比较有趣，也没有比较差，曾经历过无可避免的幻灭、失望与不为人知的幼稚苦痛；也有过令人振奋、和谐的事，以及因为莫名其妙、微不足道的原因而得到的巨大满足。我可以选择要从哪个角度看待自己的人生：从挫败的角度，或是以辉煌纪事的观点。两者都是真的，到最后总是取材的问题，包括休·诺里斯对自己的看法，也有休·诺里斯给别人的印象，还有休·诺里斯给神的印象。休这个人肯定有个本质，但他的故事只有记录天使[①]有办法书写。最后还是回到这一点：现在，我对那个在一九四五年于彭赞斯上了火车、前往伦敦的年轻人认识多少呢？如果有人问起，我该说整体而言，人生待我不薄。我喜欢和平时期所从事的教师工作，同时很享受战争的经验——战后工作仍等着我，而且那时我有希望成为合伙人并接任校长职务。我经历过让我受伤的感情，也有过令我满足的恋情，但没有一段是深入的。我和家人的关系还不错，不过没有太亲密。当时我三十七岁，就在那一天，我意识到一件我已经约略感觉到好一阵子的事情。我在等待某件事……等待一种经验，一个无与伦比的事件……

那时我忽然感觉到，在这之前，我人生的所有一切都是

[①] 记录天使（Recording angel），相传是犹太教、基督教与伊斯兰教中专司记录人类善恶行为的天使。

如此表面，我在等待某个真实的事情发生。也许每个人一生中至少会有一次这种感觉，有些人很早就遇上，有些人则迟些，那一刻就像打板球时要击球的刹那……

我在彭赞斯上了火车，买了第三梯次用餐的午餐券（因为我才刚吃完分量颇大的早餐）。等到服务员一边走来、一边带着鼻音高喊"第三梯次午餐，请出示餐券……"的时候，我便站起来走向餐车，然后服务员收走我的餐券，做个手势要我去后面靠引擎的一个单人座位，就在珍妮弗对面。

你知道，事情就是这样发生的，没办法先想好、没办法计划。我在珍妮弗对面坐下，而她正在哭。

一开始我没有发现。她试图控制住自己，没有发出声音，没有表露动作。我们没有看着对方，乖乖遵守餐车上陌生人相会时的规矩。我把菜单推向她，那是个礼貌性、但没有特殊涵义的动作，因为上面只有以下说明：汤、鱼或肉，甜点或起司。四先令六便士。

她行礼如仪地客气微笑，并点点头回应我。服务员问我们要喝什么，我们都点了淡啤酒。

接着停顿了一下子。我看着我带来的杂志。服务员快速穿越车厢，将两碗汤送到我们面前。我依然保持绅士作风，将盐和胡椒往珍妮弗的方向推过去·英寸。直到目前为止，我还没看她，这意思是说，没有真正盯着她看，虽然我已经知道一些基本资料，像是她还年轻，不过不是非常年轻，只比我小个几岁；身高中等，肤色偏黑，社会背景和我相似；

还有,虽然她的魅力足以让人如沐春风,但没有迷人到令人不安的地步。

这时我想看仔细一点。如果可以的话,我会进一步试探性地说几句话,一切视情况而定。

但打乱我所有计划的是,就在我的眼神飘向对面的汤盘时,发现有些出人意料的东西溅起了汤汁。她无声无息、也看不出任何悲痛的样子,眼泪就这么夺眶而出、掉进汤里。

我吓了一大跳,偷偷瞄了她几眼。她的眼泪停了,她成功止住了泪水,喝了汤。

"你很不快乐,对吗?"我这样问实在不可原谅,但又不由自主。

她狠狠地回了一句:"我是个大笨蛋!"

我们两人都没有说话。服务员把汤盘收走,将分量很少的鲜肉派摆在我们面前,然后加了一大堆甘蓝菜,接着,他在这堆青菜旁放了两个烤马铃薯,一副他特别照顾我们的样子。

我望向窗外,说了一句与窗外景色有关的话。接着我讲了一些关于康沃尔郡的事。我说我不大熟悉这个地方,她熟悉吗?她说:是的,她就住在这里。我们比较了一下康沃尔郡和德文郡[①],还比较了康沃尔郡与威尔士和东岸。都是些没

---

① 康沃尔郡和德文郡皆位于英格兰西南部,两郡相毗邻。

什么意义的对话,只为了掩饰她刚刚犯了在公共场所掉泪的罪行,而我发现她掉眼泪这件事也是个罪。

直到咖啡放在我们面前,然后我递给她一支烟,她也收下之后,我们才回到最初的话题。

我说我很抱歉,说了这么愚蠢的话,但我就是忍不住。她说我一定觉得她是个大笨蛋。

"不,"我说,"我觉得你已经忍到极限了。就是这样,对不对?"

她说:没错,就是这样。

"很丢脸,"她狠狠地说,"自怜到不在乎自己在做什么或被谁看到的地步!"

"但你在乎啊,你很努力要忍住。"

"事实上我没有放声大哭,"她说,"如果你说的是这个。"

我问她情况有多糟。

她说蛮惨的,已经到了穷途末路、不知所措的地步。

我想我之前就感觉到了。她给人一种焦虑紧绷、不知如何是好的感觉。我不打算让她在那种状态下离开。我说:"跟我说说吧,我和你互不相识。你可以把事情告诉一个陌生人,没有关系的。"

她说:"没什么可说的,我把所有事情都搞砸了。所有事情。"

我告诉她,也许情况确实如她所说的那么惨。我看得出来，她需要一点肯定，需要新的人生、新的勇气；她需要有人把她从痛苦的泥淖中拉出来，让她再度站起来。我毫不怀疑我是最合适的人选……没错，事情就这样发生了。

她不安地看着我，像个不确定的孩子。接着，她就向我全盘吐露了。

在这过程之中，服务员当然也送上了账单。我很高兴我们吃的是第三梯次，他们不会急着把我们赶出餐车。买单时我多付了十先令，于是服务员恭谨地鞠了个躬、退了下去。

我继续听珍妮弗说话。

她受到很多不公平的待遇，她以不可思议的勇气面对这一切，但事情实在太多了，一件接着一件，而她的身体不够强壮。她一直都很坎坷，从童年时期、少女阶段到进入婚姻，她的温柔、她的冲动，每每让她陷入困境。本来有出口可以逃离，她却没有逃，宁愿继续尝试，尽力把糟糕的事情做到最好。等到努力失败，逃脱的机会再次出现，却是个不理想的机会，于是她落入比之前更糟的混乱中。

对于所有发生的一切，她都责怪在自己头上。她那没有批判、没有憎恨的可爱特质温暖了我的心。"一定是，"每次她都惆怅地总结，"因为我哪里做错了……"

我想大吼："当然不是你的错！你难道看不出来你是受害者吗？只要你持续那种要命的态度，把一切归咎在自己身上，你永远会是受害者。"

她坐在那里的样子好可爱，担心、狼狈又挫败。隔着窄窄的餐桌看着她的时候,我想那时候我就知道自己在等什么。我在等珍妮弗……不是要占有她,而是要让她能够好好生活,看她快乐,看她重新完整起来。

对,那时候我就知道了……虽然直到好几个礼拜之后,我内心才承认我爱上她了。

你知道,后来事情可不只如此。

我们没有为再次见面做任何计划,我想她那时真的以为我们不会再见了。我却不一样。她跟我说过她的名字。我们终于要离开餐车时,她亲切地说:"就要说再见了,但请相信我永远不会忘记你,以及你为我做的。我之前很绝望……非常绝望!"

我握握她的手,然后和她道别。不过我知道那不是告别,我非常确定我们会再见面,即使不刻意找她都有可能再相见。她的一些朋友也是我的朋友,我没告诉她,但要找到她很简单,奇怪的是,我们在这之前竟然互不相识。

一个礼拜后我又见到她了,在卡罗·斯特兰奇韦家的鸡尾酒派对上。在那之后,一切都很清楚了,我们都知道两人之间会发生什么事……

我们见面、分开,然后又见了面。我们在派对上、在其他人的家里见面;我们在安静的小餐厅碰面,搭火车去乡下,一起漫步在一个光亮迷蒙、不像真实的幸福世界里。我们一起去聆听音乐会,听到伊丽莎白·舒曼唱着:"在我们的足迹即将踏上的小路,我们相会,忘却世界,沉浸在梦里,愿天让这份爱结合,不再被世界分开……"①

沿着熙熙攘攘的威格莫尔街②离开时,我重复了斯特劳斯歌里的最后几句:"……坠入爱河,幸福永无止境……"并且与她四目交接。

她说:"喔,不,休,不是我们两个……"

我说:"没错,就是我们两个……"

我对她说,我们得一起过下半辈子……

她做不到,她说,她没办法就这样丢下一切。如果她要求离婚,她知道她丈夫不会答应。

"那如果是他要求和你离婚呢?"

"是的,我想应该就会了吧……喔,休,我们不能保持现在这样吗?"

不行,我说,我们不能只是保持现状。之前我一直在等,看着她为了身体和心灵的健康而努力。在她恢复原有的快乐面貌之前,我不希望拿这些抉择去烦她。嗯,我做到了,她的身体和心灵都再度坚强起来了,现在我们该做个决定。

过程不是很平顺。她有各种奇奇怪怪、出人意料的理

---

① 伊丽莎白·舒曼(Elizabeth Schumann,1888—1952),德裔女高音。文中歌词出自德国作曲家理查德·施特劳斯(Richard Strauss,1864—1949)作品编号二十七中四首歌曲的最后一首《明晨》(*Morgen!*),是施特劳斯献给妻子的结婚礼物。

② 威格莫尔街(Wigmore Street),位于英国伦敦,著名的威格莫尔音乐厅(Wigmore Hall)就在这条街上。

由。主要是因为她不肯定我的工作，也就是说，我得完完全全转换跑道。好，我说我知道，我都想过了，没有问题。那时我还年轻，除了教书之外，还有很多可以做的事。

然后她掉下眼泪说，如果我因为她而毁了我的人生，她永远不能原谅自己。我告诉她，没有什么事可以毁掉我的人生，除非她要离开我。没有她，我的人生就完了。

之后还有许多起起伏伏。她似乎接受了我的看法，然后当我不在她身旁时，她又会突然退缩。你知道的，她对自己没信心。

不过，她渐渐和我有了相同的看法。我们之间不只是激情，还有心灵和想法上的契合，那种心灵交流的快乐；她要说的正好是我想说的事，以及我们共享的那些数不清的小小快乐。

最后，她终于承认我是对的，我们属于彼此，她的心防也就渐渐退去。

"是真的！噢，休，这怎么可能？我不知道，我对你的意义怎么可能真的像你说的那样？但我确实不怀疑。"

一切经过考验，并且得到证实。我们着手计划，那些必要而乏味的计划。

一个寒冷而晴朗的早上，我醒来，然后想起我们的新生活就要从这一天开始，从现在起，珍妮弗会和我在一起。在这一刻之前，我不允许自己完全相信这一切，我总是害怕她近乎病态的缺乏自信，会害她退缩。

即使在这个属于前半段人生的最后一个早晨,我还是得确认一下。我打电话给她。

"珍妮弗……"

"休……"

她的声音温柔中带着微微的颤抖……是真的。我说:"原谅我,亲爱的。我需要听听你的声音。这一切都是真的吧?"

"全都是真的……"

我们要在诺霍特机场会合。我边穿衣服边哼着歌,小心地刮了胡子。我几乎认不出镜子里那张幸福洋溢的白痴脸。今天是我的日子!我等了三十八年的日子。我吃了早餐,检查机票和护照。我下楼准备上车。哈里曼本来要开车,我告诉他由我来开,他可以坐后面。

我把车开出来,转进马路。车子穿梭在车阵当中,我的时间很充裕。这是一个极其美好的早晨,一个特别为了休和珍妮弗而创造的美好早晨。我几乎要高声大叫了。

那辆大卡车以时速四十英里的速度从旁边的路开过来,既看不到也躲不掉。我没有疏失,反应没有错误。后来他们告诉我,卡车司机喝醉了——一件事情之所以发生,理由会是多么微不足道!

卡车从侧面撞上来,整辆别克轿车都撞烂了,我被压在下面,哈里曼身亡。

珍妮弗在机场等着。飞机起飞了……我没有到……

第二章

接下来的事情没什么好说的，因为根本连贯不起来。记忆中只有混乱、黑暗、疼痛……我无止尽地徘徊，感觉好像在地下道的回廊里。有时候我朦胧感觉到我躺在医院病房里，知道有医生、戴白帽子的护士和消毒水的味道，还有钢制器材的冷光，以及闪烁着光芒的玻璃推车被人快速地推来推去……

我渐渐恢复知觉，少了点混乱、少了点疼痛……但还没想起任何人或地方。痛苦中的动物只知道痛或不痛，无法专注在其他事情上。药物纵然仁慈地减轻了身体的疼痛，却让思绪不清，更加强了混乱的感觉。

不过，头脑开始有清楚的时候了；有一天他们肯定地告诉我，我出了车祸。

最后我终于得知——了解我的无助——我的身体残废了……身为男人的那个我已经死了。

大家都来看我；我哥哥，一脸尴尬又结结巴巴，完全不知道要说什么。我们从来都不亲近，我没办法对他说珍妮弗的事。

但我想的就是珍妮弗。随着我逐渐康复，他们替我带信来，珍妮弗写的信……

只有家人可以来探视，珍妮弗没有身份、没有权利。严格说来，她只是个朋友。

他们不让我去看你，亲爱的休。只要他们允许，我立刻去看你。给你我所有的爱。专心休养身体，珍妮弗。

另一封：

休，不要担心，只要你没有死，什么都不要紧。重要的是你还活着。我们很快就会在一起了，永远在一起。你的珍妮弗。

我写信给她，铅笔的笔迹潦草而虚弱。我告诉她千万别来。我现在还能给她什么呢？

直到我出院、到我哥哥家里，才又见到珍妮弗。她的信说的都是差不多的事。我们相爱！即使我无法痊愈，我们还是要在一起，她可以照顾我。我们还是会很幸福快乐的；不是我们之前梦想的那种，但还是幸福。

虽然我一开始的反应就是不顾一切地斩断我们之间的联

结,我对珍妮弗说:"走开,永远不要接近我。"可是我动摇了,因为我相信,一如她也这么想,我们之间不只是肉体而已,心灵的陪伴也给我们带来快乐。当然,对她而言最好的方式就是离开我,然后忘了我。但如果她不离开呢?

过了很久之后我才妥协,并让她进来。我们经常书信往来,那些信件都是货真价实的情书,令人鼓舞,情感浓烈。

于是,最终我让她来了……

嗯,她来了。

她不能停留很久。我想我们那时候就知道了,可是不愿意承认。她又来了,然后是第三次。在那之后,我再也无法忍受了,她第三次的拜访才十分钟,感觉却像经过一个半钟头!事后我看看手表简直不敢置信,我毫不怀疑,对她而言那一切似乎同样漫长……

因为,你知道,我们彼此已经无话可说……

对,就是这样……

毕竟,什么都没有了。

还有什么比虚幻的幸福破灭更苦涩?所有心灵的交流、我们抢着补充对方想法的默契、我们的友谊、我们的相伴,假象,全都是假象!这是男女之间互相吸引的错觉,最原始的诱惑,最狡诈的谎言。我和珍妮弗之间只是肉体的吸引,我们编织了这整场自欺欺人的骗局,从头到尾除了激情还是激情。这个发现让我羞愧不堪,很不是滋味,甚至到了痛恨她和我自己的地步。我们沮丧地盯着对方,各自用自己的方式思索着：我们曾经如此相信的奇迹，到底出了什么问题？

她是个漂亮的年轻女子，这点我看得出来。但她的话语让我觉得很乏味，而我也让她觉得很无聊。我们没办法开心地谈谈什么，或讨论任何事情。

她一直为这整件事情责怪自己，我真希望她不要那么做，感觉没有必要，而且这不过是歇斯底里地碎碎念罢了。我心想，她到底为什么要这样大惊小怪？

她第三次要离开时说："我很快会再来，亲爱的休。"语气和以往一样坚毅且充满希望。

"不，"我说，"不要来。"

"我当然要来。"她的声音有些空洞，不大诚恳。

我粗鲁地说："天啊，拜托不要装了，珍妮弗。已经结束了，全都结束了。"

她说没有结束，她不知道我是什么意思。她要花下半辈子照顾我，她说我们会很快乐。她坚决要牺牲自己，这把我惹毛了，同时我也感到不安，担心她会照做。也许她会一直在那里说个没完、试着当个好人、说些充满希望的蠢话……我慌了，一种出于虚弱与残疾的慌张。

我对她大吼，要她走开，走得远远的。她走了，看起来很害怕，但我在她眼里看到她松了一口气。

之后我嫂嫂来把窗帘拉上的时候，我说："完蛋了，特雷莎。她走了……她走了……她不会再回来了，对不对？"

特雷莎用温和的声音说："不会，她会回来。"

"特雷莎,你觉得,"我问,"是因为我的残疾让我……看走眼了吗?"

特雷莎知道我的意思。她说,她认为像我这样的残疾,通常会让人看到事情的真相。

"你是说,我现在看到珍妮弗的真面目了吗?"

特雷莎说她的意思不完全是这样。现在的我比起以前,大概也没有更加认识珍妮弗真正的样子。但我现在完全知道珍妮弗在我身上激起的效果了,除了让我爱上她。

我问她对珍妮弗的看法。

她说她一直觉得珍妮弗很有魅力、又亲切,但一点都不有趣。

"特雷莎,你觉得她很不快乐吗?"我有点病态地问。

"对,休,我觉得她很不快乐。"

"因为我吗?"

"不是,因为她自己。"

我说:"她一直为我出车祸而责怪自己,不停地说要不是去和她会合,就不会发生这种事了。这些话全都蠢得要命!"

"是啊,蛮蠢的。"

"我不希望她为了这事把自己弄得不愉快。我不希望她不快乐,特雷莎。"

"休,说真的,"特雷莎说,"让那个女孩子保留一点自己吧!"

"你是什么意思?"

"她喜欢不快乐,你没发现吗?"

我嫂嫂的思路中有一种冷静清晰的特质,这让我感到很挫折。

我告诉她,她这样说很残忍。

特雷莎深思熟虑地说,也许是很残忍,可是她真的不认为现在这么说有什么关系。

"你不用再对自己编故事了。珍妮弗一直很喜欢坐下来回想这一切是怎么搞砸的,她为此愁眉不展,弄得自己很不快乐,但如果她喜欢这样过日子,有何不可呢?"特雷莎又说,"你知道的,休,你不会可怜一个人,除非那个人很自怜;一个人得先为自己感到难过,别人才会为他感到难过。这种同情心一直是你的弱点,因为这样,你才会看不清这些事。"

我告诉特雷莎说她是个可恶的女人,而这让我得到暂时的满足。她说她或许是吧。

"你从来不会为了任何人感到难过。"

"我会啊,我有点为珍妮弗感到难过。"

"那我呢?"

"我不知道,休。"

我语带讽刺地说:"我残废了,变成一个人生没有希望的废物,这没有引起你的同情?"

"我不知道我有没有为你感到难过。这表示你的人生得从头开始,从一个完全不同的角度来过人生。这可能会非常有趣。"

我对特雷莎说她很没人性,然后她带着微笑离开了。

她真是帮了我一个大忙。

第三章

在那之后不久,我们就搬到康沃尔郡的圣卢,特雷莎刚继承了一栋房子。医生希望我离开伦敦。我哥哥罗伯特是画家,对于自然风景有种大多数人觉得很变态的想象。他和大部分的艺术家一样,在战争期间服的是农耕方面的兵役,所以搬到那里非常符合我们彼此的需求。

特雷莎先过去把房子整理好。在顺利填完许多表格后,一辆专用救护车把我送了过去。

"这里是什么样的地方?"抵达后的隔天早晨,我问特雷莎。

特雷莎的消息非常灵通。她说这里分成三个世界,一个是海港周围的老渔村,石板瓦屋顶的高耸房子环绕在四周,告示牌上同时写有佛兰德斯语①、法语及英语。在渔村外围，一路沿着海岸不规则拓展的是现代的观光区和住宅区，有豪华奢侈的饭店、上千栋度假小屋，还有一堆小型旅社，夏天时非常忙碌而热门，到了冬天就寂静无声。第三个则是圣卢城堡，由男爵的遗孀圣卢夫人掌管，以城堡为中心衍生出另一种生活方式，穿过蜿蜒的巷弄，一路延伸至隐藏在山谷中的房子，再扩展到几座古老教堂旁边。事实上，这些都是男爵的领地，特雷莎说。

"那我们属于哪个世界？"我问。

特雷莎说我们属于"男爵领地"，因为浦诺斯楼过去是她的姑婆埃米·特里格利斯的，现在则是她的，是继承来而非买的，所以我们算是在领地之内。

"罗伯特也是？"我问，"即使他是画家也没关系？"

特雷莎承认，这不大容易被接纳，圣卢的夏天有太多画家了。

"但他是我先生，"特雷莎自豪地说，"而且他妈妈是从博德明②那里来的大人物。"

于是我请特雷莎告诉我们，之后我们在新家要做什么，或者说她要做什么。我的角色很清楚，就是一个旁观者。

特雷莎说她要参加所有地方上的活动。

---

① 佛兰德斯语（Flemish），通用于荷兰、比利时和法国等地的语言。
② 博德明（Bodmin），英国康沃尔郡的主要城市。

"你是指……？"

特雷莎说,主要应该是政治和园艺类的活动,再加上一些女性组织,以及像是"欢迎战士返乡"这类行善活动。

"不过主要还是政治活动,"她说,"毕竟普选马上要到了。"

"特雷莎,你以前对政治感兴趣吗？"

"不,休,我以前对政治没什么兴趣,我一直觉得没这个必要。我规定自己要投给我觉得对社会伤害最小的候选人。"

"非常优秀的策略。"我喃喃地说。

但如今,特雷莎说,她会尽力认真看待政治。她当然是保守党的。浦诺斯楼的主人也只能是保守党,如果已过世的埃米·特里格利斯姑婆知道继承她金银财宝的侄孙女投票给工党,应该会死不瞑目吧。

"可是,如果你认为工党比较好呢？"

"我没有这样想,"特雷莎说,"我不认为两党之中有什么好选的。"

"非常中肯！"我说。

就在我们搬进浦诺斯楼半个月后,圣卢夫人来拜访我们。

她带了她的妹妹崔西莉安夫人、妯娌查特里斯太太和孙女伊莎贝拉一起来。

她们离开之后,我很感兴趣地对特雷莎说:她们不可能是真人吧?

你知道,她们实在太像会从圣卢城堡走出来的人,完全就是童话故事里的人物——三个女巫和一个被施了魔法的少女。

阿德莱德·圣卢是第七代圣卢男爵的遗孀。她的丈夫在波尔战争[①]中丧生,两个儿子也在一九一四到一八年的战争中身亡。他们都没有子嗣,倒是小儿子留下一个女儿伊莎贝拉,而伊莎贝拉的妈妈在生下她的时候过世。男爵的头衔由目前住在纽西兰的一个堂亲继承。那位第九代圣卢男爵很乐意把城堡租给这个年迈的寡妇。伊莎贝拉在城堡里长大,由三位监护人照顾,即她的祖母和另两位老太太。圣卢夫人守寡的妹妹崔西莉安夫人以及她同样守寡的妯娌查特里斯太太搬来城堡一起住,她们共同分摊开支,用这样的方式让伊莎贝拉在几位老太太认为适合她的家里长大。她们全都年过七十,看起来有点像三只乌鸦。圣卢夫人一张大脸清瘦见骨,鹰钩鼻,额头很高。崔西莉安夫人比较丰腴,大大圆圆的脸上有双闪亮的小眼睛。查特里斯太太身材瘦削,皮肤皱巴巴。她们的外表给人一种爱德华时代的感觉,仿佛时间为她们静止下来了。她们身上的首饰有点脏,不过肯定是真的,都穿戴在不寻常的地方,倒是没有戴太多。那些首饰大多是半月形,或是马蹄和星星的形状。

[①] 波尔战争(Boer War),一八八〇至一九〇二年发生的两次战争。

圣卢城堡的三位老太太就是这个样子。而跟在她们身边的伊莎贝拉,简直像是被施了魔法的少女的完美化身。她长得高挑纤细,脸蛋长而瘦削,额头很高,而且有一头亚麻色的长直发,简直像是早期彩绘玻璃窗上的人物。严格来说,她不算漂亮或迷人,但她身上散发出来的特质几乎可以称之为美了,只不过是很久远以前的那种美,绝不是现代所谓的美丽。她身上没有俏皮活泼的气息、没有妆点的魅力,五官也没有特殊之处。她简朴的美来自良好的结构:骨架端正。她看起来像中世纪的人,庄重而拘谨。但她的脸庞并非没有个性;她脸上带着一种我只能用贵族来形容的气质。

在我对特雷莎说我觉得那三位老太太不像真人之后,我又补充说那个女孩子也不像真的。

"她像是被关在荒废城堡里的公主?"特雷莎说。

"没错。她应该骑着一匹乳白色骏马过来才对,而不是坐那辆非常老旧的戴姆勒汽车①。"

我好奇地加上一句:"不知道她都在想什么。"因为伊莎贝拉在这次的拜访中很少说话。她坐姿笔挺,脸上挂着甜美却若有所思的笑容。任何人与她攀谈,她都礼貌地回应,但不大需要她继续对谈,因为那三个老太太主导了大部分的谈话。我在想,不知道她来这趟是否觉得很无聊,还是她对圣卢新出现的人事物有兴趣。我想她的人生应该蛮单调乏味

---

① 戴姆勒(Daimler),是英国汽车厂牌,与德国的 Daimler 公司不同。

的。

我好奇地问:"她在战争时没有被征召吗?"

"她才十九岁,离开学校之后就替红十字会开车。"

"学校?"我很惊讶,"你是说她上过学?寄宿学校吗?"

"对,在圣尼尼安。"

我更惊讶了,因为圣尼尼安是一所昂贵且跟得上时代的学校,不是男女合校或什么搞怪的学校,而是一所因其现代化外观而自豪的机构,它绝不是那种很时尚的女子精修学校。

"你很惊讶吗?"特雷莎问。

"对,你知道吗,我真的很惊讶,"我缓缓地说,"那个女孩给人一种她从未离开过家的感觉,而且是在中世纪的环境中长大,和二十世纪完全没有任何接触。"

特雷莎沉思地点点头。"对,"她说,"我懂你的意思。"

罗伯特跟着附和说,这显示出家庭环境和遗传的个性,是唯一对人有影响力的因素。

"我还是在想,"我好奇地说,"不知她都在想些什么……"

"也许,"特雷莎说,"她根本不想事情。"

特雷莎的说法让我笑了出来。可是我脑子里对这个瘦巴巴的奇特女孩仍然感到好奇。

在那段特别的日子里,我因为强烈意识到自己残废的身体而饱受折磨,已经到了病态的程度。以往我是个健康、好动的人，我很不喜欢有病痛或是肢体残缺这类的人，连看都不想看一眼。我很有同情心，没错，但怜悯的同时总带着些许排斥与厌恶。

而现在，我自己就是个让人同情与厌恶的对象，一个瘫痪、残废、双脚扭曲、卧在躺椅上的人，身上还盖着一条毯子。

我缩着身子，敏感地等着看别人对我的现状的反应。无论什么反应，总让我退缩。仁慈怜悯的眼神对我来说实在糟透了，那些试图假装我完全正常的圆滑言谈也一样糟糕，好像来访者没发现我身上有什么不寻常似的。要不是特雷莎有钢铁般的意志，我会把自己关起来，什么人也不见。然而特雷莎一旦决心要做什么，可不容易对抗。她坚决不让我成为隐居者，她不用多说什么就暗示出：我把自己关起来搞得很神秘，等于是在自我宣传。我知道她在做什么，也知道她的用意，但我还是被她成功激将。我狠下心，要向她证明我承受得了，不管什么都可以！同情、圆滑、特别亲切的语气、刻意避免提及任何意外或残疾，或是假装我和其他男人一样，我都用一张扑克脸承受。

几位老太太看到我时的反应，没有让我太尴尬。圣卢夫人采用圆滑的策略避开。崔西莉安夫人是很有母性的那种，她无法克制地流露出母亲般的怜悯之情，还刻意提起最近的新书，这实在有点明显，她想说也许我看过。查特里斯太太是比较迟钝的那种，她唯有在谈到比较激烈血腥的运动时，才表现出格外留意自己的言行（可怜鬼，绝不能提到打猎或猎犬）。

只有那个女孩，伊莎贝拉，自然到出乎我意料之外。她看着我的时候，眼神一点也没有闪避，她看着我的样子，就好像在脑子里把我和屋里其他的人及家具都盘点了一次。一个男子，超过三十岁，伤残……像目录上的一件物品，一系列和她无关的东西。

她看过我之后，眼神移到那架平台钢琴上，然后再移到罗伯特和特雷莎那尊立在餐桌上的陶瓷马上。陶瓷马似乎引起她相当的兴趣。她问我那是什么，我便告诉她。

"你喜欢吗？"我问她。

她在回答之前非常仔细地想了想，然后说"喜欢"，而且赋予了这两个字相当的分量，好像它们很重要。

我心想，她是不是智能不足？

我问她喜不喜欢马。

她说她以前没看过。

"不，"我说，"我是说真的马。"

"喔，原来如此。是啊，我喜欢马，但没办法去打猎。"

"你想要打猎吗？"

"没有特别想，这附近没什么好地方。"

我问她有没有搭船航行过，她说有。然后崔西莉安夫人开始和我谈书，伊莎贝拉又陷入沉默。后来我发现她有个高超的技能，那就是保持安静。她可以静静坐着，既不抽烟也不跷脚,双腿不会摇来晃去,也不会玩手指或摸头发,她只是静静地且直挺挺地坐在那张高大的摇椅上,双手放在大腿上。那是一双修长的手。她像陶瓷马那样动也不动,只是它在桌上,而她在椅子上。我心想,他们有种共同的特质:装饰繁复、静止不动,属于一个过去的年代……

特雷莎说她没有在想事情时,我笑了,但后来我发现也许真是如此。动物并不思考,它们的脑子是放松的、被动的,除非遇到需要应变的紧急状况。思考(这个词在理论上的意义)真是一种非常高度人为的过程,我们一边学习,一边也经历不少麻烦。我们担心昨天做的事,争辩今天要做的事,还有明天会发生什么事。但昨天、今天和明天的存在完全独立于我们的思考之外,它们早已发生或是尚未到来,不管我们做什么都没有影响。

特雷莎对我们在圣卢生活的预测非常准确。我们几乎立刻全身投入政治里。浦诺斯楼的建筑大而分散,在收入因加税而日渐减少的情况下,埃米·特里格利斯姑婆关闭了其中一侧,并在旁边加了个独立厨房,它本来是要提供给从轰炸区撤离出来的人使用,但这些在隆冬时节从伦敦来避难的人受不了浦诺斯楼的可怕;圣卢镇有商店和度假小屋,他们是可以生活,但浦诺斯楼位于镇外一英里,"得沿着那弯曲得要命、满是烂泥的小巷弄走,而且还没有路灯,谁都可以从树篱后面跳到你身上。蔬菜也都沾满了园里的泥巴,太多绿色的东西了,还有牛奶,刚从牛身上挤出来,有时还热乎乎的，恶心死了，而且永远没有方便的浓缩奶！"对普林斯太太、哈迪太太和她们的小孩来说，真的无法忍受。她们在天刚亮的时候偷偷离开，把孩子带回危机四伏的伦敦。她们人不错，离开时所有地方都擦得干干净净，还在桌上留了字条：

"女士，谢谢您的慷慨，我们知道您已经尽了全力，但住乡下实在太可怕了，小孩子还得踩着烂泥巴去上学。不过还是非常感谢您。我希望所有东西都收拾好了。"

分派寄宿的军官后来就不再尝试，他学聪明了。因此，特里格利斯姑婆自然而然就把空着的一侧租给了卡斯雷克上尉。他是保守党的代表，同时也是空袭执行长及地方自卫队的军官，可说非常忙碌。

罗伯特和特雷莎非常乐意让卡斯雷克一家续租。事实上，我怀疑他们根本没办法拒绝他。然而这样的结果就是，选前许多活动都在浦诺斯楼周遭以及圣卢大街上的保守党办事处举行。

果然不出所料，特雷莎被卷入这波漩涡之中。她开车、发传单，还推行初步的拉票活动。圣卢近年来的政治局势并不稳定，虽然它现在是时髦的滨海度假地，以前却个渔村，而且周围都是农地，选民过去当然都是投给保守党的人；外围的农业地区则是保守党的天下。不过，圣卢的特色在过去十五年间有了改变，夏天时此地是观光胜地，很多旅社和艺术家小屋像出疹子般在山崖扩散，现在的主要人口多半是严肃、带有艺术气息与文化素养的人，在政治方面，就算不是大红色，也一定是粉红[①]。

一九四三年，乔治·波洛戴尔爵士在第二次中风后，以六十九岁的年纪退休，因此办了补选。让老居民非常恐慌的是，圣卢史上第一位工党的国会议员当选了。

"注意，"卡斯雷克上尉说，一边抬起脚尖前后摇晃，一边告诉特雷莎和我过去的历史，"我的意思并不是说我们输得很冤枉。"

卡斯雷克是个瘦小、黝黑的男子，长得像匹马，有双锐利、几近狡猾的眼睛。他在一九一八年加入陆军勤务队，颇具政治天分，对这个领域也很了解。

你得知道，我自己在政治方面还是个新手，我从来没有真的搞懂过那些术语，对圣卢选举的描述很可能错得离谱。我的描述和事实之间的关系，就像罗伯特画里的树和那棵真正的树之间的关系一样。真正的树有树干、枝条、树叶、橡实或栗子，罗伯特的树则是由一片一片或一点一点厚厚的油彩，依特定形式画在画布上，而且颜色出人意料地疯狂，两者一点也不像。对我来说，罗伯特的树根本不像是树，它们看起来像是一盘盘菠菜，或是外露的天然气管线。但那是罗伯特对树的理解。我对圣卢选举的描述是我对这场政治选战的印象，与一个政治人物的观察也许相距甚远，我极可能把

[①] 红色为英国工党的代表色，保守党的代表色则是蓝色。

一些术语和程序搞错了,但对我而言,政治不过是个不重要又模糊的背景,衬托出一个真人大小的影像:约翰·加布里埃尔。

第四章

第一次听说约翰·加布里埃尔这个人,是在卡斯雷克向特雷莎解释有关他们要求补选结果的那个晚上。

托林顿园的詹姆斯·布拉德韦尔爵士是保守党的候选人。他是本地人,有点钱,而且是个很有原则的死忠保守党员。他为人正直,已经六十二岁,在他身上看不到任何思想的火花,也毫无机智可言,他没有公开演讲的天分,被炮轰时显得非常无助。

"在台上很可怜,"卡斯雷克说,"非常可怜。呃、啊、嗯个没完,就是没办法说下去。我们当然帮他拟了讲稿,重要的集会也总会安排出色的讲者和他一起去。这要是十年前还过得去;诚实忠厚的小伙子,在地、正直公正,还是个有教养的绅士。但是现在，他们要求的可不只这些！"

"他们要有头脑的？"我说。

卡斯雷克似乎不大在意有没有头脑。

"他们要机灵点的那种人，精明伶俐，凡事知道答案、幽默风趣。还有，当然他们要那种会承诺一切的人。像布拉德韦尔这种老派的人太有良心了，根本说不出那种话。他不会说所有人都会有房子、明天战争就会结束，以及每个女人都会有中央空调和洗衣机。"

"还有，当然，"他继续说，"钟摆开始左右晃了，我们已经执政太久，民众想要换人。另外那个家伙，威尔布里厄姆，能力很强，做事认真，当过老师，因为身体因素自陆军退役。他天花乱坠地说了一堆要怎么处理返国的退役军人，还有关于国有化和医疗保险之类的老生常谈；我的意思是，他把自己包装得很好，最后得到多数人的支持，超过两千票。这样的事在圣卢史上是第一次发生，真是把我们气死了。我们这次要做得好一点，得把威尔布里厄姆弄下来。"

"他的支持度很高吗？"

"普普通通，没花什么钱在这个地方，不过他负责任，态度又好，要赢过他不容易。我们在全国都要加把劲。"

"你不认为工党会赢吗？"

在一九四五年的选举以前，我们都不认为工党有赢的可能。

卡斯雷克说，工党当然不会赢，整个郡稳稳地都是丘吉尔的天下。

"但我们不会像以往那样得到全国多数的支持。当然啦，要看自由党的得票数如何。老实说，诺里斯太太，如果自由党的票数激增，我并不会感到惊讶。"

我从旁边瞄了特雷莎一眼，她正试着摆出一副对政治很热衷的表情。

"我相信你会帮我们很大的忙。"卡斯雷克诚挚地说。

特雷莎喃喃地说："我恐怕不是个有抱负的政治人物。"

卡斯雷克轻松地说："我们所有人都得努力。"

他看看我，一副工于心计的样子。我立刻说，我可以负责抄写信封上的住址。

"我的手还可以用。"我说。

他的脸上立刻现出尴尬的表情，然后又开始抖脚。

"好极了！"他说，"好极了。你是在哪里受伤的？北非吗？"

我说我是在哈罗路上受伤的。这话可让他接不下去了，脸上的尴尬强烈到会传染。

他乱枪打鸟地想找个台阶下，于是转向特雷莎。

"你先生，"他说，"他也会帮我们吧？"

特雷莎摇头。"他恐怕……"她说，"是个共产党员。"

就算她说罗伯特是条黑曼巴蛇，都不会让卡斯雷克这么不快，他甚至在颤抖。

"你知道，"特雷莎解释，"他是个艺术家。"

听到这个,卡斯雷克稍微开心了点。艺术家、作家,那类的人啊……

"我了解,"他开明地说,"好,我了解。"

"这样罗伯特就不会被扯进去了。"特雷莎后来对我说。

我告诉她,她真是个没原则的女人。

罗伯特回来之后,特雷莎告知他的政治信仰。

"但我从来就不是共产党员啊!"他抗议,"我是欣赏他们的想法没错,我认为这种意识形态整体而言是正确的。"

"没错,"特雷莎说,"这就是我告诉卡斯雷克的。我们偶尔可以摊开马克思的书,放在你椅子的扶手上,这样你就不会被叫去做任何事了。"

"特雷莎,你都安排得很好,"罗伯特怀疑地说,"要是另一边的人跑来找我,怎么办?"

特雷莎安抚他。

"他们不会的。在我看来,工党比保守党还怕共产党人。"

"我想知道,"我说,"我们的候选人是个怎么样的人?"

因为卡斯雷克在这件事情上说得有点模糊。

特雷莎之前曾问过詹姆斯爵士是否会再次竞选,卡斯雷克摇头。

"不会,这次不行。我们这次得打一场轰轰烈烈的仗。我不知道会怎么发展,我相信选战会很激烈。"他看起来很困扰。"他不是本地人。"

"他是谁?"

"一个叫加布里埃尔的少校,得过维多利亚十字勋章。"

"在这次大战中拿的?还是上次?"

"喔,是在这次,他还很年轻,三十四岁。战绩辉煌,因为'非比寻常的冷静、英勇及恪尽职守'而获颁维多利亚十字勋章。他当时身处于敌军烽火不断的萨莱诺①,负责机关枪的指挥勤务。虽然只剩一名队友,而且他自己也受了伤,他仍然坚守岗位,直到子弹全部用罄。之后他回到主战场,用手榴弹炸死几名敌军,然后将受重伤的队友拖回安全的地方。很精彩,是不是?可惜他长得不怎么样,一个矮小的家伙。"

"他过得了公开演讲那一关吗?"我问。

卡斯雷克的神情亮了起来。

"喔,那个他没问题,机灵得很,你知道我的意思。反应快得像闪电,也很会逗人笑。不过要提醒你,有些笑话还蛮低俗的……"卡斯雷克的脸上闪过一丝厌恶的表情,我发现他是个典型的保守党员,宁愿无聊得要命,也不要哗众取宠。"不过标准降低了,是啊,标准降低了。"

"当然,"他补充说,"他没有背景……"

"你说他不是康沃尔郡人?"我说,"那他是哪里人?"

"老实说,我不知道……他哪里也不是;你知道我的意

---

① 萨莱诺(Salerno),意大利西南部城市,为萨莱诺省首府。

思吧？我们最好不要提这些。要强调战争的部分，像是英勇为国这类的。他可以代表，你知道，普罗大众，那些平凡的英国人。当然啦，他不是我们通常会找的类型……"他似乎对这点有些不开心，"我怕圣卢夫人对他不是很满意。"

特雷莎有技巧地问，取得圣卢夫人的同意是不是很重要？显然确实很重要。圣卢夫人是保守党妇女会的总召集人，而保守党妇女会在圣卢很有势力，很多事情都是她们在运作与管理，或是由她发起。因此卡斯雷克说，她们对妇女票有很大的影响力。他说，对妇女票总是要很小心。

然后他的脸色好一点了。

"那是我对加布里埃尔有信心的原因之一，"他说，"他对女人很有办法。"

"但对圣卢夫人没用？"

卡斯雷克说，圣卢夫人的态度很好——她坦白承认自己比较老派，可是她会全力支持党团认为必要的决定。

"毕竟，"卡斯雷克难过地说，"时代不同了，以往政治界也有绅士，现在则是少得可怜。我很希望这人是个有教养的绅士，但他不是，事情就是如此。如果不可能有绅士，我想找个英雄就是第二好的选择了。"

这句话简直可以列为名言警句了，我在他离开后对特雷莎这么说。

特雷莎微微笑。接着她说，她为加布里埃尔少校感到遗憾。

"你觉得他是个怎么样的人?"她说,"很糟糕吗?"

"不,我觉得他是个不错的人。"

"因为他得过维多利亚十字勋章?"

"老天,当然不是啊。只要够莽撞或甚至够笨,就可以弄到维多利亚十字勋章了。你知道,大家都说弗雷迪·埃尔顿那个老家伙得到维多利亚十字勋章,就是因为他笨到不知道什么时候要从前进位置退下来。他们把那种行为叫作'面临难以克服的难关时仍坚韧不屈',其实他只是不知道其他人都已经离开了。"

"你别开玩笑了,休。为什么你觉得这个加布里埃尔一定是好人?"

"很简单,因为卡斯雷克不喜欢他。卡斯雷克会喜欢的,都是一些非常爱摆架子、自命不凡的人。"

"你要说的是,你不喜欢可怜的卡斯雷克上尉?"

"他有什么可怜?卡斯雷克担任这个工作是如鱼得水、胜任愉快,很棒的工作啊!"

"这比其他工作更糟吧?这工作很辛苦啊。"

"没错,是很辛苦。但如果你一辈子都在盘算'这件事'对'那件事'有什么影响,到最后你会连这件事和那件事到底是什么都不知道。"

"和现实脱节吗?"

"对,政治到头来不就是如此?人们所相信的、所能忍受的、可以被操纵的思维,从来都不是单纯的真相。"

"啊!"特雷莎说,"我从来没有认真看待政治,还真是做对了。"

"你一直是对的,特雷莎。"我说,然后送了个飞吻给她。

我自己一直到在军事训练厅举办的大会上,才见到这位保守党的候选人。

特雷莎想办法帮我弄到了一张加了轮子的新型躺椅,可以把我推到阳台,躺在户外有遮阴的地方。等到移动躺椅渐渐不会造成我的疼痛,我就可以去更远的地方。有时我会被推去圣卢。军事训练厅的大会在下午举行,特雷莎安排我到现场。她保证,这场会议一定很有娱乐效果。我回应说她对娱乐的定义非常奇特。

"你等着看吧,"特雷莎说着又补上一句,"看每个人都那么煞有其事的样子,一定会让你觉得很有趣。"

"而且,"她继续说,"我会戴帽子去。"

特雷莎除了参加婚礼之外是不戴帽子的。她跑去伦敦,然后买了一顶帽子回来,根据她的说法,那顶帽子非常适合保守党的女人。

"那请问,"我问,"保守党的女人适合戴什么样的帽子?"

特雷莎巨细靡遗地作了如下回答。

她说,帽子的材质一定要很好,不能太寒酸,也不能太时髦；尺寸要恰到好处，而且不能太轻浮。

接着她拿出那顶帽子，果然全都符合她所说的条件。

她戴上那顶帽子，罗伯特和我都鼓起掌来。

"超棒的，特雷莎，"罗伯特说，"它让你看起来很认真，就好像你的人生很有目标。"

所以，你就可以了解，为了看到特雷莎戴着那顶帽子坐在台上，我在一个美好的夏日午后进了军事训练厅。

军事训练厅里挤满了看来很富有的老年人；所有四十岁以下的人都在海边享乐（我认为这是明智之举）。就在一位男童军小心翼翼地把我的躺椅推到前排座位、靠近墙壁的绝佳位置时，我思考着这种会议的效益。这里的所有人肯定都会投票给保守党，我们的对手正在女子学校举办反对党的集会，他们大概也是和一群死忠的支持者集会。这么一来，究竟要如何影响公众舆论呢？仰赖装了扩音器的宣传车？还是户外集会？

一小群人窸窸窣窣上台的脚步声打断了我的思绪。直到目前为止，台上只有几张椅子、一张桌子和一杯水。

那群人低声交谈、比划了一番，最后终于坐在该坐的位置上。特雷莎戴着那顶帽子，被安顿在第二排，和其他地位没那么高的人坐在一起。

主席、几位步履蹒跚的老绅士、总部发言人、圣卢夫人、另外两位女士以及候选人，在第一排坐下。

主席开始发言，声音略为颤抖，但蛮好听的。他嘀咕说的那些陈腔滥调，几乎没人听得见。他是位年迈的将军，在波尔战争有杰出的表现。（还是在克里米亚战争[①]的时候？我问自己。）不管是哪一场战争，必定是很久以前的事了。我想，他喃喃诉说的那个世界早已不存在……宛如苹果般悦耳的细小声音停止了，立刻响起一阵热烈的掌声；在英国，这种掌声通常是给经得起岁月考验的朋友的。圣卢所有人都知道这位年迈的将军，他们说，这个老家伙很好，算是老一派的人。

他在作结语的时候，介绍一位新一派的人给大会认识，即保守党候选人加布里埃尔少校，维多利亚十字勋章得奖人。

就在这时候，崔西莉安夫人深深叹了一口气，我这才突然发现，她坐在离我不远的某排座位最后一个位子（我怀疑是她的母性本能让她坐在那里的），她煞有其事地吸了一口气："他的腿这么普通，真是可惜。"

我立刻明白她的意思，然而我一辈子也没办法告诉你什么样的腿算普通、什么又不算。加布里埃尔的个子并不高；以他的身高而言，我应该说，他的腿算是正常，不会太长也不会太短。他的西装很合身，但毋庸置疑，裤子里的那双腿并不属于绅士的腿。难道绅士的风度取决于下面两条腿的结

[①] 克里米亚战争（Crimean War），一八五三至五六年发生于俄罗斯帝国与奥斯曼帝国、法兰西帝国、不列颠帝国、萨丁尼亚王国之间的战争，最后俄罗斯帝国战败。

构与姿态吗？这是一个有待智囊团解决的问题。

加布里埃尔的脸倒是没有泄他的底，丑归丑，还蛮有趣的，他有双非常漂亮的眼睛，那双腿却总是让他现出原形。

他站起来露出微笑（很有魅力的笑容），开口发言，他的声音单调，带有一点伦敦土腔。

他说了二十分钟，而且说得很好。别问我他说了什么。要我随便说说的话，我会告诉你他说了些平常会说的事，说话的方式也和平常差不多。但他说服了大家。这个人有种能量，让你忘了他长什么样，忘了他难听的声音和口音，只留下他是非常认真、对目标专注而坚定的正面印象。你感觉这个人一定会全力以赴，诚心诚意。就是这个，诚心诚意。

你感觉到，没错，他在乎，他在乎住宅问题，还有无法建立家庭的年轻夫妇；他在乎待在国外多年即将归国的士兵，在乎产业安全的提升，还有降低失业率。他不顾一切地，希望看到国家繁荣，因为所谓的繁荣指的是组成国家每个小小分子的幸福与快乐。偶尔，他的话里会突然闪过一丝低俗易懂的幽默火花，都是很明显的笑话，是以前说过很多次的那种笑话。因为人们对这些笑话如此熟悉，一股抚慰的感觉油然而生。但重要的不是他的幽默，而是他的认真。等到大战终于结束、日本退出的时候，和平就要来了，那时会做事就很重要。他，就是会做事的人，如果他们投票给他的话……

就是这样。我发现，整场演说完全是他的个人秀；我不是指他忽略了党的口号，他没有。所有该说的他都说了，他提到政党领导人，口气充满热忱与景仰之情，也提到大英帝国。他完全正确。但他希望你支持的是约翰·加布里埃尔少校这个人，而非只因为他是保守党候选人。约翰·加布里埃尔少校会把事情做好，而且他热切地关心他们应该把这些事情做好。

在场听众喜欢他。当然，他们在来之前就打定主意要喜欢他。这些人本来就是死忠的保守党员，可是我感觉他们比自己预期的还要喜欢加布里埃尔，我觉得他们看起来甚至振作了点。于是我告诉自己，而且很满意这个想法："当然，这个人可是个发电机呢！"

热烈的掌声结束后，他们介绍总部发言人。他很优秀，说的事情都对，该停顿的地方都有停，也让听众在对的点上发出笑声。我得承认，我分心了。

会议依照一般程序结束。

所有人起身往外走的时候，崔西莉安夫人站到我身旁。我想得没错，她是在扮演守护天使。她用她那气喘吁吁的声音说："你觉得怎么样？告诉我你的想法好吗？"

"他不错，"我说，"非常好。"

"我好高兴你这么认为。"她深深地叹了一口气。

我不知道我的意见对她有什么重要，接下来她说的话做了部分的解释："我不像阿迪或莫德那么聪明，我从来没研究过政治，而且我比较老派。我不大喜欢国会议员可以领薪水这件事,一直不能习惯。这应该是为国效力的事,不应该有报酬。"

"崔西莉安夫人,不是所有人都过得起只为国家效力的日子啊。"我指出。

"我知道不行,在这个时代是不可能了,但我觉得很可惜。我们的议员应该由不用工作赚钱的阶级出任,这个阶级的人才能真的不求私利。"

我不知道要说什么。"亲爱的夫人,你从诺亚方舟出来的啊?"

不过,发现英格兰还有这么一个保留这种过时想法的地区,也是蛮有趣的。统治阶级、管理阶级、上流阶级,都是可恶的说法;然而老实说,不也有点道理?

崔西莉安夫人继续说:"我父亲以前是议员,你知道。他当了三十年加瑞维西的国会议员。他觉得这个工作占了他非常多时间,而且让人很疲累,不过他认为那是他的义务。"

我的眼神飘向台上。加布里埃尔少校正在和圣卢夫人说话。他那双腿非常不自在。加布里埃尔少校认为出任国会议员是他的义务吗?我感到很怀疑。

"我觉得,"崔西莉安夫人跟着我的眼神望去,"他看起来很诚恳,你不觉得吗?"

"我也是这么觉得。"

"而且谈到亲爱的丘吉尔先生时说得那么好……我想,全国上下无疑都是支持丘吉尔先生的,你不这么认为吗?"

我当时确实同意这个说法；或者说，当时我觉得保守党肯定会以些微的领先票数重新执掌政权。

特雷莎走到我身边，然后那个男童军也出现了，准备推我回去。

"还愉快吗？"我问特雷莎。

"很愉快。"

"你觉得我们的候选人怎么样？"

她直到我们离开训练厅后才回答："我不知道。"

第五章

几天后我见到了我们的候选人,他过来和卡斯雷克商量事情。卡斯雷克便把他带来和我们喝点东西。

特雷莎的教会工作有些问题要处理,于是她和卡斯雷克离开房间去厘清状况。

我向加布里埃尔说抱歉,因为我站不起来,然后告诉他饮料的位置,请他替自己倒一杯。我注意到他给自己倒了一杯烈酒。

他拿了一杯给我,同时说:"打仗受伤的吗?"

"不是,"我说,"是在哈罗路受伤的。"现在这已经是我的标准答案了,而且我渐渐从每个人的不同反应中找到一些乐趣。加布里埃尔觉得很有趣。

"你这样说太可惜了，"他说，"白白浪费这项优势。"

"你要我编一个壮烈的故事吗？"

他说没有必要编造任何故事。

"你只要说'我去过北非'，或是缅甸，还是随便一个你真的去过的地方。你出过国吧？"

我点头。"阿拉曼①，还有附近的地方。"

"这就对了，就说阿拉曼，这样就够了，没有人会问细节，他们会以为自己都知道。"

"值得这样做吗？"

"嗯，"他想了想，"在女人身上就值得。她们很爱受了伤的英雄。"

"我知道。"我心里很不是滋味。

他点点头，立刻就明白了。

"对。有机会得带你去城里，那里女人很多，有些很有母性。"他拿起喝完的空玻璃杯。"我可以再喝一杯吗？"

我鼓励他这么做。

"我待会要去圣卢城堡吃晚餐，"他解释，"那个死老太婆搞得我很焦虑！"

我们很有可能是圣卢夫人最要好的朋友，但我想他很清楚我们不是，所以才这样跟我说话。加布里埃尔很少犯错。

---

① 阿拉曼（El Alamein），埃及马特鲁省北部城市，紧邻地中海，是第二次世界大战的战场。

"圣卢夫人吗?"我问,"还是她们所有人?"

"我没留意那个胖的,她是那种可以很快控制住的人。至于查特里斯太太,她根本是匹马,和她嘶嘶叫几声就没事了。但圣卢夫人是那种可以把你看透的人,不能和她玩任何花招。"

他补上一句:"我也没有要玩花招啦。"

他深思后又说:"你知道,如果你和真正的贵族对立,那你就输了,没指望了。"

我说:"我不是很了解你的意思。"

他露出微笑。

"嗯,你知道,从某方面来说,我不属于这个阵营。"

"你是说你在政治上不是保守党党员?"

"不,不是这个。我是说我不是他们那种人,他们喜欢,总忍不住喜欢老派的那一挂。当然啦,现在他们不能太挑剔,他们需要我这种人。"他想了想又说:"我老爸是水管工人,而且还不是个很好的水管工人。"

他看着我,然后眨了眨眼,我微笑以对。那一刹那我被他的魅力收服了。

"对,"他说,"我的票是投给工党的。"

"但是你不相信他们的政策?"我问。

他轻松地说:"喔,我没有什么相不相信,对我来说,这纯粹是权宜之计。我需要工作。战争差不多结束了,待遇好的工作很快就要被抢光了。我一直觉得自己可以在政治圈闯出名堂，你等着看好了。"

"所以你才加入保守党？你想加入未来会执政的那一党？"

"老天爷！"他说，"你觉得保守党会赢，是吗？"

我说我确实是这样想的，不过赢的票数会减少。

"瞎说！"他说，"工党会横扫全国，他们会赢得很漂亮。"

"但是……如果你这样想……"

我停了下来。

"为什么我不想加入会获胜的那一边？"他露出笑容，"亲爱的朋友，这就是我不加入工党的原因，我不想淹没在人群之中。反对党才适合我。何况保守党到底是什么？整体来说，不过是一群脑袋糊里糊涂的没用家伙，加上一些不像商人的商人罢了。他们没救了，没有政策，而且年纪都有六七十岁了，任何有点能力的人都可以轻松看出来。你看着好了，我会像火箭一样一飞冲天！"

"如果你选上的话。"我说。

"噢，我会选上的。"

我好奇地看着他。"你真的这么想？"

他再度露出笑容。

"只要我别做蠢事就好。我有我的弱点。"他喝光杯里剩下的酒。"主要是女人，我必须远离女人。在这里不会太困难，虽然圣卢酒吧那里有个不错的妞，你见过她吗？不，"

他的眼神落在我动弹不得的身上,"抱歉,你当然没见过。"他忍不住加了一句,感觉是出自真感情:"运气不好啊!"

我第一次不痛恨别人的同情,感觉是自然流露。

"告诉我,"我说,"你对卡斯雷克也这样说话吗?"

"那个笨蛋?老天爷,当然不会。"

从那个时候我就一直在想,加布里埃尔为什么在第一次见面的那个晚上就对我这么坦白。我后来的结论是:他很寂寞。他演得很好,但是在逢场作戏的每一幕之间没什么机会让他放松一下。他也知道,他那时肯定就知道,一个残废又不能动弹的人最终很自然地会扮演倾听者的角色。而我需要一些消遣,加布里埃尔很愿意把他生活中的插曲让我当作娱乐。况且,他天生就是个坦白的人。

我有点好奇地问他,圣卢夫人在他面前是什么样子。

"高明得很,"他说,"高明得不得了——讨厌的眼睛!她就是靠那东西把我看透透;完全没有破绽,也不会有破绽,她很了解自己的本事。这些老巫婆,如果她们要对你无礼,就会无礼到让你喘不过气来。而如果她们不打算无礼,你怎么逼也没用。"

我有点想不透他为何这么激动,对他来说,一个像圣卢夫人那样的老太太是否对他无礼,我不觉得有什么重要。她当然一点也不重要,她根本属于上个时代的人。

我也这样对他说,然后他古怪地斜眼瞄我。

"你不会懂的。"他说。

"没错，我是不懂。"

他低声说："她觉得我很下贱。"

"老兄，你说什么？"

"他们'看'着你，就像眼神穿透你那样。你不算数，他们眼里根本没有你。对他们来说，你根本不存在，你只是个送报的小弟，或是送鱼的。"

这时，我知道加布里埃尔的过去开始作祟。这个水管工的儿子想起很久以前遭遇到的一些不经意、微不足道的无礼对待。

他说了我正想说的话。

"喔，是啊，"他说，"我懂。我有阶级意识。我痛恨上流社会那些傲慢的女人，她们让我觉得自己无论做什么都不会有成就。对她们来说，我永远是下贱的；你懂吧，她们知道我真正的身份。"

我很惊讶，没想到看见的是这么深的憎恨。那是恨，难以抚慰的憎恨。我心想，过去究竟发生了什么事情，到今天仍在加布里埃尔的潜意识里发酵、让他痛苦不已？

"我知道他们不算什么，"他说，"我知道他们的时代已经结束了。他们现在住在摇摇欲坠的房子里，收入也缩减到几乎没有了，在全国各地都是如此。许多人连食物都不够吃，只能仰赖菜园里种的蔬菜维生，而且大多数人要自己做家事。不过他们有个我得不到，而且也永远不会有的东西，那就是他们该死的优越感。我不比他们差，很多时候甚至比他们更好,但是和他们在一起的时候,我就是感觉不到。"

然后他突然大笑一声。

"别理我,我只是发泄一下。"他看向窗外。"一座虚假、华而不实的城堡,有三只老乌鸦,还有一个瘦得像竹竿的女孩,装模作样到一句话都不和你说。我猜,她就是那种即使隔着很多垫子仍感觉得到床下有豌豆的女孩。"

我露出微笑。

"我一直觉得,"我说,"《豌豆公主》① 是个相当夸张的童话故事。"

他紧咬住两个字。

"公主!她就是那副德性,她们就是这样对待她的,好像她是从故事书里跑出来的皇室成员。她不是公主,只是个真实存在的平凡女孩。总之,她应该就是个平凡的女孩,看她的嘴唇就知道。"

这时,特雷莎和卡斯雷克回来了。不久,卡斯雷克和加布里埃尔便离开。

"要是他不急着离开就好了,"特雷莎说,"我本来想和他聊聊的。"

"我想,"我说,"我们之后应该会常看到他。"

---

① 《豌豆公主》(Princess and the Pea),安徒生童话之一,皇后为了测试女孩是否为真正的公主,在她床上放了一颗豌豆,上面铺了许多床垫和棉被。结果公主表示睡得不好,证明她确实是真的公主,因为只有真正的公主细嫩的皮肤可以感受到一颗豌豆的存在。

她看着我。"你很感兴趣,"她说,"对不对?"

我想了一下。

"自从我们搬来之后,"特雷莎说,"这是我第一次看到有事情引起你的兴趣。"

"看来我是比我自己想的还要关心政治。"

"喔,"她说,"不是政治,是那个男人。"

"他确实是个很活跃的人,"我承认,"可惜长得这么难看。"

"他的确长得难看,"她想了想,补了一句,"不过倒是很有吸引力。"

我非常讶异。

特雷莎说:"不要那样看我。他是很有吸引力啊,所有女人都会这样跟你说。"

"嗯,"我说,"我很惊讶,我从来不觉得他是那种会吸引女人的男人。"

"那你就错了。"特雷莎说。

第六章

隔天，伊莎贝拉·查特里斯替圣卢夫人送了一封短笺给卡斯雷克上尉。我在露台上晒太阳。她送过短笺后沿着露台走来，然后在离我不远的一张雕刻石椅坐了下来。

如果是崔西莉安夫人的话，我应该会感受到一种对瘸了腿的狗所展现的温柔亲切，但伊莎贝拉显然一点也不担心我。我从来没见过比她更不在意的。她安安静静地坐了好一会儿，然后说她喜欢阳光。

"我也是，"我说，"不过，你的皮肤不会很黑。"

"我不会晒黑。"

她的肌肤在明亮的光线下显得十分美丽，有种好似木兰花的洁白。我注意到她的脸上散发着一股傲气，难怪加布里埃尔称她是公主。

因为想到他，于是我说："加布里埃尔少校昨天晚上和你们吃饭，对不对？"

"对。"

"你有去听他在军事训练厅的演讲吗？"

"有。"

"我没看到你。"

"我坐在第二排。"

"那你喜欢吗？"

她想了一下才回答："不喜欢。"

"那你为什么要去？"我问。

她又想了一下后回答："那是我们会做的事情之一。"

我感到很好奇。"你喜欢住在乡下吗？你快乐吗？"

"快乐。"

我突然发现，老是回答得这么简短是很奇怪的事，大部分的人都会进一步解释一番。正常人的回答会是"我喜欢靠海的地方"，或是"这是我的家乡……""我喜欢乡下……""我喜欢待在这里……"这个女孩却只说一两个字就满意了。然而她那一两个字却出奇地有力，对就是对，坚决而肯定的正面回应。她的眼神飘向城堡那边，嘴边露出浅浅的笑容。

我知道她让我想起什么了。她像西元前五世纪雅典卫城的那些石雕少女，她们脸上也有那种不像人的细致微笑。

所以，伊莎贝拉和那三个老女人在圣卢城堡生活得很快乐，像现在这样坐在阳光下看着城堡，她就感到快乐。我几乎可以感觉到她笼罩在一种宁静自信的幸福之中，然后突然间我有点害怕，为她感到害怕。

我说："伊莎贝拉，你一直过得很快乐吗？"

她还没开口我就知道答案了，虽然她想了想才说："对。"

"在学校也是吗？"

"对。"

不知道为什么，我没办法想象伊莎贝拉在学校的样子，她完全不像英国寄宿学校的产物。不过，学校可能就是需要有各式各样的人吧。

露台对面有只棕色松鼠跑了过来，它坐直身体看着我们，叽叽喳喳一阵之后冲向另一边，然后爬到树上。

我忽然感觉到这万花筒般的宇宙开始转换，变成另一种不同的形式。现在我所看到的是一个感知的世界，在这个世界里"存在"本身就是一切，想法及思考都不重要。这里只有早晨和傍晚、白昼和黑夜、食物和饮水、冷和热；只有动作、目的，以及还不知道何谓意识的意识。这是松鼠的世界，一个草在长、树在呼吸的世界。伊莎贝拉属于这个世界。奇怪的是，我这个残缺的废人竟也能在这个世界找到一个位置……

自从那场意外以来，我第一次不再反抗……那些痛苦、挫折和病态的自我意识离我远去。我不再是那个从原来活跃、有企图心的生涯中硬生生被扯了出来的休·诺里斯；我是残废的休·诺里斯，感受到阳光，感受到这个世界的生气与活力，还有我自己规律的呼吸，感受到这是前往沉睡旅途上永恒的一天。

　　这种感觉并没有持续下去。然而在那个片刻，我发现了一个属于我的天地，我猜想那就是伊莎贝拉一直以来所生活的世界。

第七章

我想一定是在那之后的一两天，有个孩子掉进了圣卢港。一些小孩聚在码头边玩，其中一个在游戏中边跑边叫，结果因为绊倒而跌个倒栽葱，摔进二十英尺深的水里。当时潮水涨到一半，港口内水深大约十二英尺。

那时加布里埃尔正好步行经过码头，毫不犹豫地跟着那个孩子跳进水里。码头边聚集了大约二十五个人，在远处靠近阶梯的那一头，一位渔夫将船推离港口，朝着他们划过去。但就在渔夫到达之前，另一个男人也跳进水里救人，因为他发现加布里埃尔根本不会游泳。

这起意外最后以喜剧收场。加布里埃尔和孩子都获救了；那孩子本来失去意识，但经过人工呼吸急救之后很快就恢复了。孩子的母亲歇斯底里地、几乎整个人扑到加布里埃尔身上,哭着向他致谢并祝福他。加布里埃尔淡淡地回应,拍拍她的肩膀,然后赶回国王旅店换上干衣服,并喝点酒喘口气。

那天稍晚,卡斯雷克带他来家里喝下午茶。

"这是我这辈子所见过最勇敢的事了,"卡斯雷克对特雷莎说,"一点都不犹豫。他很可能会溺水呀;他没溺水真是了不起了。"

但加布里埃尔本人倒是十分谦虚,表示这没什么大不了。

"不过是件蠢得要命的事,"他说,"尤其想到其实我可以找救援,或是开船过去。问题是,那时根本没时间停下来思考。"

特雷莎说:"总有一天,你会因为冲动坏了事。"

她的语气冷冷的,加布里埃尔立刻看了她一眼。

在她把下午茶的东西端出去、卡斯雷克也因为工作而需要先离开之后,加布里埃尔沉思着说:"她很敏锐,对不对?"

"谁啊?"

"诺里斯太太啊,她看得清清楚楚,真的不大能骗得过她。"他又说他得小心一点。

然后他问我:"我刚刚的答复还好吗?"

我问他到底是在讲什么。

"我的态度啊，我的态度合宜吧？我的意思是，我那副嘲笑整件事情的态度？看得出来我只是个笨蛋的样子？"

他露出很有魅力的微笑，然后补充说："你不在意我问你的意见吧？要知道我有没有达到预期的效果实在很困难。"

"你一定要这样算计有没有效果吗？不能自自然然的吗？"

他沉思着说，那不大可能。

"我总不能得意地搓着手走进来说：'真是天赐良机啊！'对不对？"

"你真的这样想吗？天赐良机？"

"兄弟，我一直在四处走动，就是拼命想遇上类似的事，你知道的，像是马跑掉了、房子失火了、从车轮下救出孩子这类事物。小孩子是最容易达到令人掉眼泪的效果了。报纸整天在报导撞死人的事情，你会以为这样的机会很快就出现，但是没有，若不是运气不好，就是圣卢的小孩都是一群小心谨慎的小坏蛋，真要命。"

"那个小孩不是拿了你一先令才跳进水里的吧？"我问。

他很认真地思考我的话，然后回答说这整件事都是自然发生的。

"反正我也不会冒险做这种事。那个小孩可能会告诉她妈妈，到时候我怎么办？"

我大笑出声。

"但重点是，"我说，"你真的不会游泳？"

"我大概可以保持漂浮在水面上划三下。"

"不过这么一来,你不就冒了很大的险?你有可能会淹死啊。"

"可能会吧,我想……但重点是,诺里斯,没办法两全其美呀,你得准备好多少要有点壮烈的表现。反正那附近人很多,但是当然啦,没人想变成落汤鸡,可是一定会有人做点什么事,就算不是救我,也会去救那个孩子,而且旁边还有船;在我之后跳下水的那个人把孩子救了起来,然后开船的那个人在我真的要沉下去之前赶到。总之,如果真的溺水了,通常靠人工呼吸也可以救回来。"

他露出特有的迷人笑容。"听起来实在蠢得不得了,对吧?"他说,"我的意思是,人们真是他妈的傻。我不会游泳还跟着那孩子跳进水里,比起我如果根据专业救生程序跳进水里救起她所得到的赞美还要多。现在很多人到处在说我有多么勇敢,如果他们有点脑子,他们会说这一切蠢毙了。事实上,这件事确实很蠢。那个真正救了人的家伙,那个在我之后跳下水救了我们两个的男人,他得不到一半的赞美。他的泳技一流。他那套上乘的西装毁了,可怜的家伙,而且我和那个孩子一直在那儿挣扎,只让他的救援更困难而已。可是没有人会这样看事情,也许只有像你嫂嫂这样的人看得出来,但这种人不多。"

他补充说:"这样更好,选举时,最不希望的就是有很多人真的把事情想得很清楚。"

"你要跳下去之前不会觉得头昏脑涨吗?不觉得胃里不舒服吗?"

"我没时间想那些。这件事自己送上门让我很兴奋,开心得很。"

"我不确定我是否了解你为何认为这种……这种作秀的事情有必要。"

他的脸色变了,变得严厉而坚决。

"你不知道这是我唯一的优势吗?我长得不怎么样,不是一流的演说家,没有背景,没有影响力,没有钱。但我打从娘胎出来就有这个天分……"他把手放在我的膝盖上,"也就是不怕死。要不是我得过维多利亚十字勋章,我现在有可能成为保守党的候选人吗?"

"但是老兄,难道得过维多利亚十字勋章对你来说还不够吗?"

"你不懂人类的心理,诺里斯。像今天早上那场愚蠢的秀,比在南意大利得到维多利亚十字勋章有用多了。意大利太远了,他们没有亲眼看到我怎么赢得那枚勋章,而且遗憾的是,我不能对他们说。如果我可以告诉他们,就有办法让他们像亲眼看到一样……我会一路带着他们,让他们如临现场,而等到我说完的时候,他们也一起赢得那枚勋章了!可是这个国家的习俗不允许我这么做。不行,我看起来要很谦虚,然后低声含糊地说那没什么,随便哪个人都做得到。根本是胡说八道!很少人有办法做到我所做的。一团里大概只有五六人可以做到吧,其他人都不行。你要有判断能力,你知道,要会计算而且冷静,才不会慌了手脚;就某方面来说,你还要能享受那个过程。"

他沉默了一会儿,然后说:"我进入军队就是要拿维多利亚十字勋章的。"

"老天,加布里埃尔!"

他那张丑陋而专注的脸转向我,眼睛炯炯有神。"没错,你不能保证一定可以得到那种东西,有时候需要一点运气。但我本来就计划要试试看。我知道那是我的大好机会。日常生活中根本不需要英勇这回事,它几乎派不上用场,就算有,在还没有成绩之前也是困难重重。可是战争就不一样了,在战场上,英勇最能发挥它的价值。不是我吹嘘,这大概和神经或内分泌之类有关,最终都是因为你刚好就是不怕死。你可以想想,和战场上其他人比起来,拥有这个特质占了多大优势。当然我不确定我的机会何时会来……你有可能在整场战争中都默默地非常英勇,最后连个奖牌都没有。或者你的鲁莽用错了时机,害你被炸成碎片,还没人感谢你。"

"大部分维多利亚十字勋章的得主都是在殉职后才拿到的。"我喃喃地说。

"喔,对啊。我也不知道为什么我没和他们一样。每当我想起那些子弹在我耳边嗡嗡作响时,都没办法想象我今天为什么还能站在这里。我中了四枪,却没一枪伤到要害。很奇怪吧,对不对?我永远不会忘记断了腿、拖着身子的痛苦，以及肩膀失血的感觉……而且一路拖着老蜘蛛詹姆斯，他一直不停地咒骂，再加上他的体重……"

加布里埃尔沉思了一会儿，然后叹口气说："喔，快乐的往事。"然后帮自己倒了杯酒。

"我要好好感谢你，"我说，"替我戳破了一般认为'勇敢的人都很谦虚'的想法。"

"真是他妈的可惜。"加布里埃尔说。"如果你是商业巨子，敲定一笔精明的生意，就可以到处炫耀，大家会更敬重你。你也可以大方承认自己画了一张非常棒的画。至于打高尔夫，如果你打出低于标准杆的杆数，所有人都会知道这个好消息。但偏偏讲到大战的英勇事迹……"他摇摇头，"你得找人来帮你宣传。卡斯雷克在这方面不擅长，他中了保守党那种轻描淡写的毒。他们只会攻击对手，却不知道怎么宣传自己。"他沉思了一会儿。"我已经请我的旅长下周来这里演讲。也许他会用一种不大明显的方式说说我有多了不起，不过当然啦，我不会要他这样做，很尴尬的！"

"有了他，再加上今天那个小意外，你应该就没问题了。"我说。

"不要小看今天那场意外，"加布里埃尔说，"你等着看好了。每个人会因为这件事又开始谈论我的维多利亚十字勋章。祝福那个孩子。我明天会去探望她，带个娃娃还是什么的给她，这样也有很好的广告效果。"

"你老实说，"我说，"我只是好奇。如果那时候周围没有人在看，一个人也没有，你还会跟着跳进水里吗？"

"如果旁边没人在看，这样做有什么用？我们两个都会淹死。而且直到潮水把我们冲上岸前，都不会有人知道。"

"所以你会若无其事地走回家，就让她淹死？"

"当然不会，你以为我是什么？我也有人性啊。我会疯狂般地冲到阶梯那里，弄艘船，然后拼命地划到她那里。运气好一点的话，也许我还来得及救她，她可能平安无事。我会采取我认为最有机会让她获救的方式。我喜欢小孩子。"他又说："你觉得贸易局会愿意多给我一些额外的配给券，好补偿那套泡水的衣服吗？那套西装大概没办法再穿了，缩水到不行。这些政府机构好小气。"说完这个实际的考量，他就离开了。

我花了很多时间思考约翰·加布里埃尔这个人，无法决定自己是否喜欢他。他毫不掩饰的投机心态让我觉得很恶心，但他的坦白倒是很吸引人。至于他做判断的准确度，很快就有充分的例子，证明他对公共舆论的评估是正确的。

崔西莉安夫人是第一个告诉我她的看法的人。她帮我带来一些书。

"你知道，"她气喘吁吁地说，"我本来一直觉得加布里埃尔少校有很好的特质，这件事证明他确实如此，你不觉得吗？"

我问她："怎么说？"

"完全不计代价。尽管不会游泳，还这样直接跳进水里。"

"那样没什么用的，不是吗？我是说，要不是有其他人帮忙，他其实没办法救那个小孩。"

"是没办法，但他根本没有停下来考虑这件事。我欣赏的是这种勇敢的冲动，完全没有任何算计。"

我可以告诉她，其实里面的算计可多了。

她继续说下去，那张布丁般圆滚滚的脸红彤彤的，像个小女孩。

"我真的很欣赏真正勇敢的男人……"

约翰·加布里埃尔加一分，我心想。

卡斯雷克太太，一个举止像猫一样又装腔作势的女人，我不大喜欢她。她跟我提起这件事的时候，都快飙泪了。

"这是我听过最勇敢的事了。他们告诉我，你知道，加布里埃尔少校在战场上的英勇事迹简直是不可思议。他根本不知道什么叫做害怕，他的下属都非常崇拜他。他的指挥官星期四要来，我会不顾一切帮他宣传。当然啦，如果加布里埃尔少校知道我打算这么做，一定会生气。他为人这么谦虚，不是吗？"

"他确实给人这样的印象。"我说。

她没听出我话里的模棱两可。

"不过我真的觉得，我们这些棒得不得了的子弟兵实在不该掩盖自己的光芒，应该让大家知道他们所做过的伟大的事。男人总是这么不善表达,我觉得这是女人的责任,要把这些事情宣扬出去。我们现任的议员威尔布里厄姆,你知道,他在战争期间从未离开过办公室。"

嗯,我想加布里埃尔会说她的想法非常正确。但我不喜欢卡斯雷克太太,她说话装腔作势,就连滔滔不绝、讲个没完的时候,那对小小黑黑的眼睛依然显得刻薄而且算计。

"真可惜,对吧?"她说,"诺里斯先生竟然是共产党员。"

"每个家庭,"我说,"都有害群之马。"

"他们的想法很恐怖,反对私有财产。"

"他们也反对别的东西,"我说,"法国抵抗运动[①]的成员大部分是共产党员。"

这句话让卡斯雷克太太有点下不了台,于是她就离开了。

来发文宣的查特里斯太太对圣卢港意外事件也有她的看法。

"他身上一定有着高贵的血统。"她说。

"你这么觉得?"

"一定有。"

"他爸爸是水管工。"我说。

查特里斯太太冷静以对。

---

① 法国抵抗运动(French Resistance),系指法国人民于第二次大战期间反抗德国纳粹占领法国的抗争运动。

"我之前也想过这件事,可是他身上一定有着高贵的血统,也许在好几代以前。"

她继续说:"我们一定要更常请他来城堡坐坐。我会跟阿德莱德说说看。她的举止有时候很糟糕,会让人不自在。在城堡的时候,我从不觉得我们看过加布里埃尔少校最好的那一面,我个人倒是和他相处得很愉快。"

"看来他在这里蛮受到欢迎。"

"是啊,他做得很好。选他选对了。党需要新血,非常需要。"

她停顿一下,然后说:"你知道的,也许他会成为下一个迪斯雷利[①]。"

"你觉得他前途无量?"

"我认为他会登峰造极,他有那种活力。"

特雷莎去了一趟城堡,我从她那里得知圣卢夫人的意见。

"嗯!"圣卢夫人说,"他当然就是为了要出名……"

我可以理解为什么加布里埃尔常常叫圣卢夫人"那个死老太婆"了。

---

① 迪斯雷利(Benjamin Disraeli,1804—1881),保守党政治家,曾两度当选英国首相,也是第一个来自犹太家族的英国首相。

第八章

　　天气依然很好，我大部分时间都让人把我推到阳光灿烂的露台上。露台边缘有几座玫瑰花坛，其中一侧的末端有一棵非常老的紫杉。从那里，我可以眺望大海和圣卢城堡的城垛，也可以看到伊莎贝拉穿越田野，从城堡来到浦诺斯楼。
　　她养成几乎每天过来一趟的习惯，有时带狗一起来，有时自己独自一人。抵达时她会露出微笑，对我说声早安，然后坐在我躺椅旁边那张大大的雕刻石椅上。
　　这是一段奇怪的友谊，不过确实是所谓的友谊。伊莎贝拉来找我，不是出于对半身不遂者的友善，不是可怜，也不是同情；从我的角度来说，这种感觉好多了。那是出于喜欢。因为伊莎贝拉喜欢我，所以她来到花园，在我身旁坐着，这个举动就和动物可能会做的一样自然，也一样刻意。

我们聊天的时候，大部分都是说些我们看得到的东西，包括云的形状、海面的光线、鸟的一举一动……

也因为一只鸟，让我见到伊莎贝拉天性中的另一面。那只鸟死了，它一头撞上起居室落地窗的玻璃，掉在窗边的露台上，可怜又僵硬的两只脚直挺挺地举在空中，温柔明亮的眼睛也闭上了。

伊莎贝拉先发现了那只鸟，她声音里的震惊和恐惧吓了我一跳。

"你看，"她说，"一只鸟……死了。"

那声音里带着惊慌，于是我仔细看着她。她看起来像匹受惊吓的马儿，撅起的双唇微颤。

"把它捡起来。"我说。

她用力摇摇头。

"我没办法碰它。"

"你不喜欢接触鸟类吗？"我问。我知道有些人是这样。

"我没办法碰任何死的东西。"

我盯着她看。

她说："我害怕死亡，怕得要命。任何东西死亡都会让我受不了，我想是因为它让我想起……有一天我也会死。"

"有一天我们都会死。"我说。

（我在想，当下手边有什么可以致命的？）

"你不在意吗？你不害怕吗？想到死亡就在前方等着你，

愈来愈靠近。然后有一天,"她那修长而美丽的双手很少如此戏剧性地放在胸前,"它就到了,生命画下句点。"

"伊莎贝拉,你真是个很奇怪的女孩子,"我说,"我从不知道你有这种感觉。"

她悲痛地说:"还好我是女生,而不是男生,是吧?不然打仗时我就得去当兵,然后我会害得大家丢脸,因为我成了逃兵之类的。没错,"她恢复平静,几乎像在沉思般地说,"当个懦弱的人真是太糟糕了……"

我有点不确定地笑了笑。

"我不认为时机到了的时候你会是个懦弱的人。大多数的人都是……嗯,其实是因为害怕而害怕。"

"你那时候害怕吗?"

"老天爷,当然怕啊!"

"但等到真的遇上时……就还好吗?"

回想起某些时刻:在黑暗中等待时的紧绷、等候前进的口令……胸口的恶心感觉……

我诚实地说了。

"不,"我说,"我不会用'还好'来形容那种感觉,不过我觉得我多少还有办法承受;我的意思是,我想我和其他人一样可以承受。听我说,那种日子过一阵子之后,你会开始有种感觉,吃子弹的永远不会是你,可能是别人,但不会是你。"

"你认为加布里埃尔少校也有过这种感觉吗?"

我替加布里埃尔作了证。

"我倒认为,"我说,"加布里埃尔是少数的幸运儿,那人根本不知道什么是恐惧。"

"对,"她说,"我也这么认为。"

她的脸上露出奇怪的表情。

我问她是否一直都很害怕死亡,还是她曾经遭遇过什么特别恐怖的事情,让她倍受惊吓。

她摇摇头。

"我想没有。当然啦,我爸爸在我出生前就被杀了,我不知道和这件事有没有关系……"

"是了,"我说,"我觉得这是非常有可能的。我想这就是你害怕的原因。"

伊莎贝拉皱起眉头,她想起以前的事。

"我的金丝雀在我五岁左右死了。前一晚还好好的,隔天早上它就躺在笼子里,两脚硬邦邦地举在空中,就像刚才那只鸟。我把它放到手上,"她在发抖,"它冷冰冰的……"她仿佛不知道该怎么说,"它……它不再真实存在了……它只是一个东西……看不见……听不到……或没感觉……它……它不存在了!"

然后突然间,她以几近悲惨的语气问我:"你不觉得我们都会死是很恐怖的事吗?"

我不知道该怎么回答她,我没多想便脱口说出实话;对我而言是实话。

"有时候……那是一个人唯一可以期待的事。"

她看着我，眼神空洞、充满不解。

"我不了解你的意思……"

"你不了解吗？"我语气尖锐地说，"用你的眼睛看看，伊莎贝拉，你觉得生命是什么样子？如果你每天早上醒来就像个婴儿一样，等人把你洗干净、帮你穿上衣服，把你像一袋木炭般拖来拖去。作为一个动弹不得、残缺、没有用处的废物，躺在阳光下无事可做，也没有任何事情可以期待、可以保有希望……如果我是坏掉的椅子或桌子，他们会把我丢进垃圾堆，只不过因为我是个人，他们就帮我穿上文明的衣服，用毯子盖住最糟糕的残废部分，然后把我放在这里晒太阳！"

她的眼睛睁得大大的，充满困惑与疑问。那是第一次，至少我这么觉得，她的眼神没有穿透我，而是盯着我看。她的双眼专注在我身上。即便这样看着我，她还是什么都无法理解——除了外表，什么都不理解。

她说："但无论如何，你是在阳光下啊……你活着。那时候你有可能就这么没命了……"

"非常有可能。但你还不懂吗？我多么希望上天那时就让我死了算了。"

不，她不懂。对她而言，我像是在说外国话。她几近胆怯地说："你是不是……总是全身非常疼痛？是因为'那个原因'吗？"

"我有时候很多地方都会痛,但是,伊莎贝拉,不是因为那个原因。你不懂吗?我没有活下去的目标。"

"我知道我很笨,可是……人活着一定要有什么目标吗?为什么不能就只是活着?"

她的天真单纯让我倒吸了一口气。

接着,正当我要在躺椅上转身——或者说试着转身——的时候,因为动作不灵巧,使得一罐标示为阿司匹林的小瓶子从我本来放着的地方掉到草地上,瓶盖也跟着脱落,里面的小药锭在草坪上散了一地。

我几乎尖叫出声。我听到自己的声音,歇斯底里、很不自然地大叫:"别把它们弄丢了……喔,快把它们捡起来……快找……别弄不见了!"

伊莎贝拉弯下身,快手快脚地捡起那些药。我一转头,看到特雷莎正穿过落地窗走来。我压低声音叫喊,几乎像在抽泣。"特雷莎来了……"

然后,出我意料之外的是,伊莎贝拉做了一件我从来不知道她会做的事。

她动作快速,但不慌不忙地松开围在洋装领口的染色围巾,然后一抛,围巾落在草地上,盖住散了一地的药锭。同时,她以平静的对话语气说:"……你知道,等鲁珀特回家以后,一切都会很不一样。"

你绝对会相信我们正在聊天。

特雷莎走过来问我们:"你们两个要不要喝点什么?"

我说了一个蛮复杂的饮料。特雷莎准备回屋里去时,她弯下腰仿佛想把围巾捡起来。伊莎贝拉不慌不忙地说:"放着吧,诺里斯太太。有草地的衬托让围巾的颜色看起来很漂亮。"

特雷莎淡淡一笑,然后穿过落地窗回屋里去了。留下我盯着伊莎贝拉看。

"亲爱的孩子,"我说,"你为什么那么做?"

她有点羞怯地看着我。

"我以为,"她说,"你不想让她看到那些药……"

"你想的没错。"我冷冷地说。

在我康复初期便拟了个计划。我已预见自己未来全然无助、需要依赖别人的状态,我需要一个随时可以派上用场的出路。

他们帮我注射吗啡止痛时,我没办法做什么,然而一旦安眠药取代了吗啡,我的机会就来了。一开始我暗自咒骂,因为他们给我水合氯醛[①]的药剂。但之后,当我搬去与罗伯特和特雷莎同住,就比较不需要医疗护理,于是医生开了安眠药给我,我想应该是速可眠,也有可能是阿米妥[②]。

总之,他们让我渐渐试着不用依赖药物,但还是会留几颗,让我在睡不着的时候服用。慢慢地我累积了一些数量。

---

① 水合氯醛(chloral hydrate),一种安眠镇定药物。
② 速可眠(seconal)和阿米妥(amytal)皆为镇静催眠药。

我继续抱怨失眠，于是他们开了新药给我。我睁大双眼，撑过了痛苦的慢慢长夜，想到要离去的大门又打开了一点，便让我多了点力量。一段时间下来，我累积的药量已经足够我达到目的了。

随着我计划的进展，这个需要的急迫性降低了。我愿意再等一会儿，可是我不打算永远等下去。

在这痛苦的几分钟内，我眼看我的计划遭到破坏、受到妨碍，有可能全都毁了。伊莎贝拉的机智拯救了我，避免了那场灾难。她把药锭捡起来，装进瓶子里，然后把瓶子递给我。

我将瓶子放回原来的地方，然后深深叹了一口气。

"谢谢你，伊莎贝拉。"我说，口气充满感情。

她一点也没有表现出好奇或是焦虑。她机灵到了解我不安的情绪，并解救了我。我在心里默默为之前觉得她是个白痴而道歉。她一点也不笨。

她是怎么想的？她一定知道那些药不是阿司匹林。

我看着她，她的脸上没有透露任何线索，我觉得要了解她很困难……

然后，我突然好奇了起来。

她提到一个名字……

"鲁珀特是谁？"我说。

"鲁珀特是我堂哥。"

"你是说圣卢男爵？"

"对，他可能很快就要来这里了。战争期间他大都在缅甸。"她停了一会儿，然后说："他可能会搬来这里住……这座城堡是他的。你知道，我们只是租的。"

"我只是在想，"我说，"为什么……嗯，你为什么突然提到他？"

"我只是想赶快说点什么，让我们看起来好像在聊天。"然后她沉思片刻。"我想，我会提到鲁珀特，是因为我总是在想他……"

第九章

  直到目前为止，圣卢男爵只是个名字、一个抽象名词、不存在的城堡主人。现在，他变得明确了：一个存在的实体。我开始想知道他是什么样的人。

  下午，崔西莉安夫人拿了一本据她说是"一本我认为你会感兴趣的书"给我。我瞄了一眼，知道那不是会引起我兴趣的书；它是一本励志书，要你相信只要躺着思考一些美丽的事，就能让世界更美好、更明亮。崔西莉安夫人顽固的母性本能是无法抗拒的，她总是带东西给我。她最希望我成为一位作家，至少已经拿了三本有关"成为职业作家的二十四堂课"这类的函授课程的著作给我。她是那种不会让任何受苦的人独自受苦的好心肠女人。

我没办法讨厌她,但我可以、也试着躲避她的服侍。特雷莎有时会帮忙,有时不会。她有时候会看着我,面带微笑,故意让我独自承受我的命运。等事后我咒骂她的时候,她就说偶尔有个反刺激物也不错。

这个下午特雷莎去拉票了,所以我没有闪避的机会。

崔西莉安夫人叹口气,问我感觉如何,又说我看起来好多了,然后我谢谢她的书,告诉她那本书看起来很有趣,我们开始谈谈地方上的事。在那个时候,所谓地方上的事都与政治有关。她告诉我集会的情况,说加布里埃尔把炮轰他的人处理得有多好。她继续谈国家真正需要的是什么,以及所有事情都国有化会有多恐怖、对手有多么肆无忌惮,还有农民对乳业产销局的确切感觉。谈话内容和三天前的一模一样。

就在那时,稍微停顿之后,崔西莉安夫人叹了口气,说:如果鲁珀特能赶快来该有多好。

"有机会吗?"我问。

"有。他受伤了,在缅甸,你知道。报纸上几乎没有关于第十四军的消息,真是很过分。他在医院待了一段时间,之后可以离开那里一段时间。这里有很多事情等着他处理。我们都尽力了,但是状况一直在改变。"

我推测,由于赋税和其他困难,圣卢男爵大概很快就必须卖掉一些土地。

"海边的那块地很适合建设,但我们不想看到那里冒出更多恐怖的小房子。"

我也认为,开发东岸的建筑商并不具备足够的艺术敏感度。

她说:"我姐夫,第七代圣卢男爵,把那块土地送给镇上,他想将那里保留给民众,可是没想到要附带特别的保障条款,结果议会就把那里全都卖了,一点一点地卖给建筑商。这个做法非常不诚实,因为那并不是我姐夫的意思。"

我问她,圣卢男爵是否想搬来这里住。

"我不知道,他还没有告知任何肯定的消息。"她叹了一口气。"我希望他会搬来,我真的很希望他来这里。"

她又说:"我们在他十六岁以后就没有见过他了。他在伊顿公学①念书时,会趁放假来这里。他妈妈是新西兰人,一个非常迷人的女子,丈夫去世后便带着孩子回新西兰去了。这不能怪她,不过这个孩子不能一开始就在自己的庄园长大,一直让我感到很遗憾。他来这里的时候,一定会感到很陌生。但是,当然啦,一切都在变……"

她亲切的圆脸看起来有些苦恼。

"我们尽力了,遗产税很重。伊莎贝拉的父亲在上一场战争中丧命。靠着阿德莱德、我和莫德联合起来,才有办法租下这个地方,感觉比租给陌生人好多了。这里一直是伊莎

---

① 伊顿公学(Eton College),英国著名贵族学校,一四四〇年由亨利六世所创立,专收十三至十八岁男生。

贝拉的家。"

当她弯下身亲密地靠近我时，脸上的表情变温柔了。

"我敢说，我是个非常多愁善感的老女人，但我一直希望伊莎贝拉和鲁珀特……那会是，我的意思是，最理想的解决之道。"

我没说话，然后她继续说："好英俊的孩子！非常有魅力，和我们大家又很有感情，而且他似乎一直对伊莎贝拉特别有好感。她那时候才十一岁，跟着他到处跑，对他也很钟情。阿德莱德和我以前常看着他们，然后和对方说：'要是……'当然啦，莫德老是说他们是堂兄妹，这样行不通，不过她总是从家族血统的角度来看事情。很多堂兄妹结婚，后来也没事呀。我们又不是天主教家庭，还得先请求宽免①。"

她又停下来，这次她的脸上浮现出女性在替人做媒时特有的那种全神贯注、认真的神情。

"他每年都记得她的生日。他会写信去爱丝普雷②。我觉得很感人，你不认为吗？伊莎贝拉是这么可爱的女孩，而且她非常热爱圣卢。"她向外望着城垛。"如果他们可以一起在这里定居……"我看到她的眼里闪着泪光……

（"这里愈来愈像童话故事里的场景了，"那晚我对特

---

① 如果天主教教徒欲与非天主教教徒结婚时，必须先请教会给予特许。
② 爱丝普雷（Asprey），英国历史悠久的精品品牌。在此应该是指鲁珀特写信到那里订购礼物给伊莎贝拉。

雷莎说，"白马王子随时会来迎娶公主。我们到底住在哪里啊？在格林童话里吗？"）

"跟我说一些你堂哥鲁珀特的事。"隔天，伊莎贝拉坐在石椅上时我对她说。

"我不觉得有什么好说的。"

"你说你总是在想他，是真的吗？"

她考虑了一下。

"不，我不是想他。我的意思是……他在我的心里。我想，有一天我会嫁给鲁珀特。"

她转向我，因为我的沉默似乎让她感到不安。

"你觉得这么说很荒谬吗？从我十一岁、他十六岁之后，我们就没见过面了，那时他说有一天会回来娶我。一直以来，我都相信他的话……到现在依然相信。"

"然后圣卢男爵和圣卢夫人就会结婚，从此幸福快乐地住在海边的圣卢城堡里。"我说。

"你认为这不会发生？"伊莎贝拉问。

她看着我，仿佛我对这件事情的意见将成为最后的结局。

我深深地吸了一口气。

"我倾向于认为这种事情会发生，就是那种童话故事。"

查特里斯太太突然出现在露台上，我们被她粗鲁地从童话故事里拉回现实。

她把手上一个鼓胀的包裹往旁边一扔，很唐突地叫我将它拿给卡斯雷克上尉。

"我想他在办公室里。"我说,但她打断我的话。

"我知道,可是我不想进他的办公室,我现在没心情见那个女人。"

就我个人而言,我也从来没心情见卡斯雷克太太,不过我看出查特里斯太太近乎粗暴的举止不只是因为这样。

伊莎贝拉也看出来了。她问:"莫德婶婆,你怎么了?"

查特里斯太太表情僵硬地丢出一句:"露辛达被车撞了。"

露辛达是查特里斯太太的棕色西班牙猎犬,她对它宠爱有加。

她继续说,愈说愈激动,并且冷冷地瞪着我,以免我表现出怜悯的样子。"在码头那里,那些该死的观光客车子开得太快,连停都没停下来。快,伊莎贝拉,我们得赶快回家去!"

我没有表现出任何安慰与怜悯的意思。

伊莎贝拉问:"露西①在哪?"

"送到伯特那里去了。加布里埃尔少校帮我一起送去的。他非常亲切,真的很亲切。"

露辛达躺在路上呻吟,查特里斯太太跪在它身旁时,加布里埃尔正好出现了。他也跪下来,一双手灵活而有技巧地

---

① 露西(Lucy)是露辛达(Lucinda)的昵称。

摸了摸狗的全身。

他说:"它的后腿失去力气了,可能是内伤。我们得送它去兽医那里。"

"我都是去浦维森的约翰逊那里,他对狗非常有办法。但太远了。"

他点点头。"圣卢最好的兽医是谁?"

"詹姆斯·伯特。他很聪明,可是很粗鲁。我从来不把狗交给他,也不送去他那里。他会喝酒,你知道的,但他离这里很近。我们最好把露西送去那里。小心!它可能会咬人。"

加布里埃尔自信满满地说:"它不会咬我的。"他一边安抚、一边对它说话:"没事了,好女孩,没事了。"他温柔地将它抱起来。一群小男孩、渔夫以及提着购物袋的年轻女子发出充满同情的嘈杂声,并提出建议。

查特里斯太太急忙说:"好女孩,露西,好女孩。"

她对加布里埃尔说:"你人真好。伯特的诊所就在转角的西区那里。"

那是一栋规规矩矩的维多利亚式房子,屋顶铺着石板,大门上有块磨损的铜制门牌。

应门的是一位年约二十八岁的漂亮女人,她是伯特的太太米利。

她立即认出查特里斯太太。

"喔,查特里斯太太,真的很抱歉,我先生出去了,他的助理也不在。"

"他什么时候会回来?"

"我想伯特很快就会回来了。当然啦,他的手术时间是九点到十点,或两点到三点。但我相信他会尽力而为的。这只狗怎么了?被车撞了吗?"

"对,刚刚发生,被车撞的。"

"真糟糕,对不对?"米利·伯特说,"他们实在开太快了。请把它带到手术室好吗?"

米利以她轻柔、有点过于优雅的声音继续说话。查特里斯太太站在露辛达旁边,轻轻抚摸着它。她历经风霜的脸庞因痛苦而扭曲,根本没办法把心思放在米利说的话上。米利只是说个不停,亲切和善却没有自信,而且有点不知所措。

不久米利说会打电话到下庄农场,问问伯特是否在那里。电话在门厅。加布里埃尔跟着去,好让查特里斯太太可以和她的爱犬以及她自己的痛苦独处。他是个细腻敏感的人。

米利拨了号码,认出电话另一端的声音。

"是的,维登太太,我是伯特的太太。伯特在那里吗?嗯,对,麻烦你……好。"过了一会儿,加布里埃尔看到她脸红了,而且有点胆怯。她的声音也变了,变得充满歉意又怯怯懦懦。

"吉姆①,对不起。不,当然不是……"加布里埃尔听得

---

① 吉姆为詹姆斯的昵称。

见电话另一头伯特的声音,不过听不清楚内容,那声音既强势又暴躁。米利的声音变得更加充满歉意了。

"是查特里斯太太,住在城堡那位。她的狗……被车撞了。对,她现在在这里。"

她又脸红了,然后挂上话筒。不过在她挂上之前,加布里埃尔还是听到另一头的声音生气地说:"你这个笨蛋,为什么不直说?"

接着是一阵尴尬。加布里埃尔为米利感到难过,一个漂亮温柔的小女人竟然惧怕丈夫到这种地步。他用诚恳而友善的口气说:"伯特太太,你人真是太好了,为了我们这么麻烦,又这么体谅我们。"然后他对她微笑。

"喔,加布里埃尔少校,这没什么。是加布里埃尔少校,没错吧?"在她家看到他出现,令她有些兴奋。"那天晚上,我有参加你在协会办的集会。"

"感谢你的参与,伯特太太。"

"我很希望你能选上,不过我相信你一定会上的。我确定所有人都很厌倦威尔布里厄姆。他不算是这里的人,你知道,他不是康沃尔郡的人。"

"就这点来说,我也没比他适合。"

"喔,你……"

她看着他,和露辛达一样的棕色眼睛流露出英雄崇拜的眼神。她的头发也是棕色的,美丽的栗色发丝。她的双唇微张,盯着加布里埃尔看,想象他在战场上的样子,背景类似沙漠、高温、炮弹、血,或摇摇晃晃地走过开阔的乡间……就像她上周看的电影里面的景色。

而他是这么自然、这么亲切、这么平凡!

加布里埃尔尽量和她说话,尤其不想让她回手术室去,担心那个想和小狗独处的可怜老家伙,因为他很确定那只狗没望了。可怜啊,那只可爱的母狗不过才三四岁而已。米利是个善良的女人,但她会一直想要藉由说话来表现她的同情。她会说个不停,大声说着关于汽车、每年有多少狗被撞死、露辛达多么可爱,以及查特里斯太太是否想喝杯茶这类事。

于是加布里埃尔和米利聊起天来,还逗得她笑了,露出她一口漂亮的牙齿以及嘴角上的酒窝。正当她看起来非常开心活泼的时候,门突然打开了,一个穿着马裤、十分粗壮的男人踏进屋里。

米利畏惧退缩的样子,让加布里埃尔吃了一惊。

"喔,吉姆,你回来了,"她紧张地大声说,"这位是加布里埃尔少校。"

伯特草草点了个头,他的妻子继续说:"查特里斯太太在手术室,和狗在一起……"

伯特打断她:"你为什么没把狗带进去,而把她留在外面?你连这最基本的观念都没有。"

"我去请她……"

"我会处理。"

他侧身挤开她,径自下楼进入手术室。

米利眼里闪着泪光。

她问加布里埃尔要不要喝杯茶。

因为他替米利感到难过,而且觉得她丈夫是个粗鲁无礼的野人,于是他说好。

而那件事就是这么开始的。

第十章

特雷莎应该是在第二天,或是又隔了一天之后,将米利·伯特带到我的起居室。

她说:"这是我小叔,休。休,这是伯特太太,她很好心要来帮我们的忙。"

"我们"指的不是个人,而是指保守党。

我看着特雷莎,她连眼睛都没有眨一下。米利那双充满女性怜悯的温柔棕色眼睛已经开始同情我了。倘若我偶尔放任自己沉浸在自怜中,这种眼神就是最有益我身心的矫正物。面对米利眼中热切的同情,我毫无防卫。特雷莎很卑鄙地离开起居室。

米利在我身边坐下,准备打开话匣子。从自己的不自在与不加掩饰的痛苦中恢复后，我不得不承认她是个很好的人。

"我真的觉得，"她说，"我们一定要为选举尽一份心力。我恐怕做不了什么，我不够聪明，没办法去游说民众。但就像我和诺里斯太太说的，如果有教会的工作或是要发送传单，都可以交给我。我想到加布里埃尔少校那天在协会说到关于女人可以扮演的角色，说得真是太好了，这番话让我觉得自己到目前为止实在太懒散。他真是一个非常棒的演讲者，你不觉得吗？噢，我忘了……我想你……"

她的不安令人蛮感动的。她丧气地看着我，我立即开口搭救她。

"我在军事训练厅听过他的第一场演讲，确实达到了他预期的效果。"

她没有听出我话中的讽刺意味，忽然充满感情地说："我觉得他好棒。"

"我们就是希望……呃……所有人都这么想。"

"他们也应该这么想，"米利说，"我是说……有这样的人代表圣卢，就完全不同了。一个真正的男人，一个待过军队、打过仗的男人。当然啦，威尔布里厄姆先生也不错，但我总觉得这些社会主义者很奇怪，而且毕竟他不过是个学校老师之类的，看起来非常瘦弱，声音也很虚假，没有让人觉得他真的做了什么事情。"

我感兴趣地聆听这位选民的声音，并观察到加布里埃尔肯定做过一些事。

她满是热忱地说得脸都红了。

"我听说他是军队里最勇敢的人之一。他们说他可以获得好几个维多利亚十字勋章。"

除非米利只是出于个人的热情，否则加布里埃尔的宣传显然很成功。她双颊泛红，棕色眼睛闪耀着英雄崇拜的光芒，看起来很美。

"他和查特里斯太太一起来的，"她解释，"就是小狗被撞的那天。他人真好，对不对？他总是这么关心别人。"

"可能他很喜欢狗吧。"我说。

对米利而言，这样说有点太平凡了。

"不，"她说，"我想是因为他的人就是这么好，好到不可思议。他说话好自然，让人觉得很舒服。"

她停顿了一下，继续说："我感到很惭愧。我的意思是，我很惭愧还没有为这个目标尽过什么力。当然啦，我一向是投票给保守党的，但只是去投票根本不够，对不对？"

"这个嘛，"我说，"见仁见智啰。"

"所以我真的觉得必须做点什么，于是我就问卡斯雷克上尉我能做什么。我的时间真的很多，你知道的，伯特这么忙，除了手术以外整天都在外面，而且我也没有小孩。"

她棕色的眼睛闪过一丝不一样的神情。我替她感到难过，她是那种应该要有小孩的人，她会是个很好的妈妈。

当她抛下关于加布里埃尔的回想、并把注意力转移到我身上的时候,她的脸依然笼罩在母性光辉中。

"你是在阿拉曼受伤的,对不对?"她说。

"不是,"我很愤怒地说,"是在哈罗路。"

"喔,"她吓了一跳,"可是加布里埃尔少校告诉我……"

"加布里埃尔是会这么说,"我说,"他说的每一个字你都别信。"

她不大确定地笑了笑,接受了一个她不大明白的笑话。

"你的身体状况看起来非常好。"她说,语气中充满鼓励。

"亲爱的伯特太太,我看起来不好,感觉也不好。"

她非常好心地说:"我真的感到很遗憾,诺里斯上尉。"

就在我快要杀人之前,门打开了,卡斯雷克和加布里埃尔走了进来。

加布里埃尔很会他拿手的那一套。他神采飞扬地走向米利。

"哈啰,伯特太太。你能来真好!真好!"

她看起来既开心又羞怯。

"喔,加布里埃尔少校,说真的,我想我没什么用处,但我想做点什么来帮帮忙。"

"你会帮上忙的,我们会让你好好工作。"他仍握着她的手,丑陋的脸上露出笑容。我感觉得到这个男人的魅力和吸引力,而且如果我都感觉到了,那么女人的感觉就更强烈了。她笑出声,脸颊泛红。

"我会全力以赴。我们应该证明全国对丘吉尔先生是很忠心的,这很重要,不是吗?"

我可以告诉她,更重要的是,我们要对约翰·加布里埃尔忠诚,让他赢得绝对多数的选票。

"这样的态度就对了,"加布里埃尔精神抖擞地说,"现在的选战中,女人才是真正的力量,只要她们出力。"

"喔,我知道,"她表情严肃,"我们不够在乎。"

"这个嘛,"加布里埃尔说,"说到底,或许没有哪个候选人真的比另一个人好很多吧?"

"喔,加布里埃尔少校,"她很惊讶,"当然有啊,根本就是天壤之别。"

"对,没错,伯特太太,"卡斯雷克说,"我敢说,加布里埃尔少校会让威斯敏斯特宫① 里的人刮目相看。"

我想说:"喔,是吗?"不过忍住没说。卡斯雷克带她去拿些传单或是印刷品之类的东西。他们一关上门,加布里埃尔便说:"这个可爱的小女人真不错。"

"你果然让她服服帖帖。"

他皱起眉头。

"少来了,诺里斯。我喜欢伯特太太,而且我替她感到难过。如果你要问,我会说她的日子可不好过。"

---

① 威斯敏斯特宫(Palace of Westminster),又称国会大厦(House of Parliament),是英国国会所在地。

"大概吧，她看起来不大快乐。"

"伯特是个冷血无情的恶棍，而且酗酒，我猜他会动粗。昨天我注意到她的手臂上有几处严重淤青，我打赌他会殴打她，这种事情让我很生气。"

我有点惊讶。加布里埃尔发现了我的反应，并且大力地点点头。

"我不是装的，残暴的事情总是会激怒我……你有没有想过女人可能过着某种生活，而且还不能说出来？"

"有法律途径可以解决吧，我想。"我说。

"不，诺里斯，没有，除非是忍无可忍了。经常性的欺凌胁迫、持续的嘲笑与轻蔑，只要他喝多了，就会出现粗暴行为；面对这些事，女人能怎么办呢？只能逆来顺受、默默受苦吗？像米利·伯特这种女人没有自己的钱，一旦离开丈夫，能去哪里呢？亲戚朋友并不喜欢挑起夫妻间的问题，像米利·伯特这种女人根本就孤立无援，没有人会帮她的。"

"是啊，"我说，"确实如此……"

我好奇地看着他。

"你很激动吗？"

"你觉得我不能有一点像样的同情心吗？我喜欢那个女孩，我替她感到难过。我希望能够为她做点什么，但我想应该没有我帮得上忙的地方。"

我不自在地动了动身体；或者比较准确地说，我试图要动动身体，得到的却是从我残废的身体传来的一阵刺痛。不过伴随着身体疼痛而来的，是另一种更细微的痛，记忆里的痛。我又坐在从康沃尔郡开往伦敦的火车上，看着眼泪滴进汤碗里……

事情都是这样开始的，和你想象的不同。一个人脸上可怜无助的样子，会让你的人生受到猛烈冲击，把你带向……何处？以我的例子来说，是把我带向一张躺椅，眼前没有未来，而过去在嘲笑我……

我突然对加布里埃尔说（在我脑中是有连结的，不过对他来说，肯定觉得我的话题转换得太突然）："国王旅店的那个小姑娘怎么样了？"

他露出笑容。

"没有什么，老兄。我很谨慎，在圣卢只办公事。"他叹了口气。"很可惜，她是我喜欢的类型……可是，你不能什么都要啊！不能让保守党失望。"

我问他，保守党是否真的这么挑剔，他回答说圣卢有很浓厚的清教徒色彩。渔夫，他又补充说，通常比较虔诚。

"即便他们在每个港口都有个老婆？"

"那是海军，老兄，别搞混了。"

"嗯，你才别把国王旅店那个姐和伯特太太搞混了。"

听到这句话，他突然发怒。

"喂，你想说什么？伯特太太是很规矩守分的，正直得要命。她是个善良的女孩。"

我好奇地看着他。

"我跟你说,她没问题,"他坚持,"她不会做出任何不规矩的事。"

"是不会,"我表示赞同,"我也不认为她会。不过她真的非常崇拜你,你知道的。"

"喔,那是因为维多利亚十字勋章和码头那件事,还有各种传开的谣言的关系。"

"我才要问你,是谁在散播这些谣言的?"

他眨眨眼。"我告诉你,它们很有用,非常有用。威尔布里厄姆那个可怜鬼输定了。"

"是谁起头的?卡斯雷克?"

"不是卡斯雷克。他不够灵活,我不信任他,我得自己来。"

我大笑出声。"你是说你有办法告诉人们,你可以拿三次维多利亚十字勋章?"

"不完全像你说的那样。我利用女人,比较没脑子的那种。她们硬要我讲细节,那些我不愿告诉她们的细节。然后,当我非常不好意思地拜托她们不要对任何人提起时,她们立刻就跑去告诉所有的好友。"

"你真的很不要脸,加布里埃尔。"

"我在打选战,我得考虑我的生涯。比起我在关税、赔偿议题是否有全面的思考,或是能不能确保同工同酬,这些事情有用多了。女人总是比较重视个人层面。"

"这倒提醒了我,你对伯特太太说我是在阿拉曼受的伤,这到底在搞什么鬼啊?"

加布里埃尔叹了口气。"我想你一定戳破了她的幻想。老兄啊,你不该这么做的。时机有利时就尽量多捞一点吧。现在人们对英雄有很高的评价,之后他们的兴趣就会下滑了。能占便宜的时候就去做吧。"

"用装的也可以?"

"对女人说实话完全没有必要,我从来不这么做。你会发现她们不喜欢你说实话。"

"那和故意说谎有点不一样。"

"不用说谎啊。我已经帮你说了,你只要念个几句:'胡说……都搞错了……加布里埃尔不该乱说的……'然后开始谈天气或捕沙丁鱼,或黑暗的俄罗斯在搞什么鬼这类事,然后那个女孩就会睁大眼睛、带着热情离开。混蛋,你一点乐子都不要吗?"

"我现在还能有什么乐子?"

"嗯,我知道你不大能真的跟谁上床……"加布里埃尔很少委婉地说话,"但是,有点感伤的故事总比没有好。你不想要女人对你呵护备至吗?"

"不想。"

"有意思,要是我就会想。"

"是吗?"

加布里埃尔的脸色一变,皱起眉头,缓缓地说:"也许你是对的……我想毕竟没有一个人真的认识自己……我认为我熟知约翰·加布里埃尔。而你的意思是说,也许我不像我所认为的那么了解自己。来见见约翰·加布里埃尔少校,我想你们两个还不认识……"

他在起居室里快速地走来走去。我发觉我的话触动了他内心深处的某种不安。他看起来——对,我突然明白——他看起来像个害怕的小男孩。

"你错了,"他说,"你大错特错。我是真的认识我自己,这是我唯一真正认识的东西。有时候我希望我没有认识这么多……我完全知道自己是谁,还有自己能力的极限。请注意,我很小心,不让别人把我摸透。我知道我来自哪里,也知道自己将往何处去。我知道我要的是什么……我是说我会确定让自己能够得到想要的东西。我十分仔细地策划了这一切,我不认为我会失足犯错。"

他说这话的口气引起了我的兴趣。有那么一刹那,我相信加布里埃尔并非只是爱吹嘘的人,我想象他是个狠角色。

"原来这才是你要的?"我说,"嗯,或许你会弄到手吧。"

"把什么弄到手?"

"权力啊。你就是在说这个,不是吗?"

他盯着我,然后大笑出声。

"我的老天啊!不是。你以为我是谁,希特勒吗?我不想要权力。基本上我没有要对我的同类或这个世界作威作福的野心。天啊,老兄,你以为我做这勾当是为了什么?权力根本就是胡说八道!我要的是一份轻松的工作,如此而已。"

我盯着他，觉得很失望。原本有一瞬间，加布里埃尔达到了巨人般的高度，而现在他又缩回真人大小。他两腿一伸，往椅子一坐，我突然看到他丧失魅力后的样子：一个粗俗刻薄的矮小男子，一个贪婪的矮小男人。

"你真走运，"他说，"我真正想要的就只有如此！贪心又自私自利的人对这个世界不会造成什么伤害，这个世界还有可以容纳他们的空间，而且他们是管理你们的合适人选。愿老天帮帮那些有理念当权者的国家吧！有理念的人会蹂躏普罗大众、害得孩子挨饿，并伤害女人，却还不知道他们发生了什么事。他根本不会在乎。但一个自私贪婪的人不会造成什么伤害，他只想把自己的小角落弄得舒舒服服，只要做到这点，他很乐意让一般人过着快乐、满足的生活。事实上，他希望他们能够快乐满足，这样麻烦会少一点。我相当清楚大多数人想要什么；他们要的不多，只要感觉自己是重要的，有机会比别人过得好一点，而且不要常常受到摆布就好。诺里斯，记住我说的话，等到工党选上之后，他们就会犯下这种大错……"

"如果他们选上的话。"我打断他的话。

"他们会选上的啦，"加布里埃尔很有信心地说，"而我就是要跟你说他们之后会犯什么错。他们会开始使唤人民，虽然都是出于善意。不是死忠保守党员的那些人都是怪胎，求老天保佑我们不用怕这些怪胎！一个真正情操高尚的怪胎理想主义者，会让一个合乎道德的守法国家遭受多少苦难，真是不可思议。"

我反驳说:"最后还不是回到你自以为知道什么才是对国家最好的这件事上?"

"一点也不。我知道什么对约翰·加布里埃尔最好。国家很安全,不用担心我的实验,因为我满脑子都在想怎么帮自己舒舒服服地卡个位子。我一点也不在乎能不能当首相。"

"你让我很讶异!"

"别搞错了,诺里斯,我有可能成为首相的,如果我想做的话。只要研究一下人民想听什么,然后照着跟他们说,效果真的很惊人!但是,成为首相代表有很多烦恼和辛苦的工作。我只想成名,如此而已……"

"那钱要从哪里来?一年六百英镑撑不下去的。"

"如果工党选上了,他们就得提高薪资,也许会凑个整数变一千。不过别搞错了,在政治圈要赚钱,方法多得是,有额外的,也有直接的,还有靠结婚……"

"你连结婚都计划过了吗?要弄个头衔?"

他的脸不知为何红了起来。

"不是,"他激动地说,"我不会娶不属于我阶级的人。喔,没错,我知道我属于什么阶级。我不是出身高贵的人。"

"这个词在今日还有什么意义吗?"我怀疑地问。

"这个词没有,但它代表的事情依然存在。"

他盯着前方。当他说话时,声音听起来像在思考,而且很遥远。

"我记得和我爸爸参观过一栋大房子,他在那里做一份和厨房锅炉有关的工作。我待在房子外面,一个孩子过来和我说话。那孩子人很好,比我大一两岁。她带我一起进入花园(非常豪华的那种),有喷水池,你知道的,还有露台、巨大的雪杉以及有如天鹅绒般的草地。她弟弟也在那里;我们一起玩捉迷藏,我当鬼(没关系),我们玩得不亦乐乎。然后有个保姆从房里走出来,非常拘谨,穿着制服。帕姆(这是那个小孩的名字)跳到她身边说,一定要我和他们一起回育婴室喝下午茶,她希望我和他们一起去喝下午茶。"

"我还记得那个高傲自大的保姆的脸,一本正经的。我还听得到她装模作样的声音!'亲爱的,你不能这么做。他只是个平民男孩。'"

加布里埃尔停了下来。我很讶异……讶异于残忍的力道,讶异于这种不假思索、不自觉的残忍。从那次之后,他一直记得那个声音、记得那张脸……他受了伤,伤到了内心最深处。

"但是,"我说,"那并不是孩子的妈妈说的。那句话……嗯……说这种没水准的话,还不只是残忍。"

他转向我,脸色苍白而阴郁。

"你没听懂,诺里斯。我同意一个上流社会的女人不会说这种话,她会比较周到。但事实就是事实。我那时是个平民小男孩,我现在还是平民小男孩,我到死都还是平民小男孩。"

"别闹了！这些东西有什么重要的？"

"它们不重要。它们不再重要了。事实上，不是出身名门现在反而是个优势。人们嘲笑那些背脊挺得直直的可怜老太太和老先生们，他们人脉虽广，日子却快过不下去了。我们现在只对教育还这么势利；教育是我们盲目崇拜的东西。问题是，诺里斯，那时的我不想当一个平民小男孩。我回到家对爸爸说：'爸，我长大后要当勋爵①。我要变成约翰·加布里埃尔勋爵。'他却说：'你永远不会成为伯爵的，那种东西要你生下来就是才行。如果你很有钱，你可以和他们平起平坐，但那还是不一样。'而确实是不一样。有种东西——一种我永远不会拥有的东西——噢，我指的不是头衔，我指的是从出生就对自己很肯定的那种东西，知道你将来会做什么或说什么，只有在你打算无礼时才会无礼，而不是因为你感到激动、不自在，或是想证明你不输别人时才做出无礼的举动。不用老是愤愤不平地猜测别人对你的想法，只要在意你对他们的想法就好。就算知道自己很古怪、很寒酸或是和其他人格格不入，也都没有关系，因为你是……"

"因为你是圣卢夫人？"我接续他的话。

"臭老太婆去死吧！"加布里埃尔说。

我很感兴趣地看着他。"你知道吗，"我说，"你真的非

---

① "勋爵"是对英国男性贵族的敬称，共有五等爵位，依次为公爵（Duke）、侯爵（Marquess）、伯爵（Earl）、子爵（Viscount）和男爵（Baron）。除了公爵之外，在一般场合都可以"某某勋爵"来称呼。

常有趣。"

"听起来很不真实,对吧?你不懂我的意思。你以为你懂,但还差得远了。"

"我懂,"我缓缓地说,"之前发生过一些事……你曾经受过一些打击……你小时候被人伤害、受了创伤。就某方面来说,你还没有走出来……"

"少跟我来心理学那一套!"加布里埃尔唐突地打断我,"不过你明白了吧,为什么我和米利·伯特那种好女孩在一起时很快乐,我就是要娶这种女孩。当然,她必须有钱;但不管有没有钱,她和我是同一阶级的。你可以想象吧,如果我娶一个老是板着脸的傲慢女孩,接下来一辈子都得努力配得上她,那简直是人间炼狱啊,对吧?"

他停了一下,然后突然说:"你待过意大利。那你有没有去过比萨?"

"我好几年前去过比萨。"

"我想应该是在比萨没错……那里有面壁画,画着天堂、地狱、赎罪和其他东西。地狱还蛮欢乐的,小恶魔们拿着长叉推着你下去。天堂在上面,受到祝福的人在树下坐成一排,脸上的表情洋洋自得。我的老天,那些女人!她们对地狱一无所知,对堕入地狱的人一无所知,她们根本什么都不知道!她们就是坐在那里,自满地微笑着……"他热血沸腾,"沾沾自喜、得意洋洋、自鸣得意……天啊,我真想把她们从树下和那种幸福快乐的状态中揪出来,然后丢到火焰里,任由她们挣扎,让她们去感受,让她们受苦!她们凭什么不用知道受苦是什么感觉?她们只需要坐在那里,面带微笑,连碰都不会被碰一下……不食人间烟火……对,就是这样,不食人间烟火……"

他站了起来,声音变低,双眼看向我后方,眼神寻寻觅觅,不大确定……

"不食人间烟火。"他又说了一次。

然后他笑出声。

"抱歉,把这些话全倒在你身上。毕竟这也没什么不好。虽然哈罗路那件事害你差不多成了个废物,不过你还是有点用处,我想说话的时候,你可以听我说……我想,你会发现,人们会跟你倾吐很多事情。"

"确实如此。"

"你知道为什么吗?不是因为你是个多棒、多善解人意的倾听者,而是因为你在其他方面一无是处。"

他站在那里,头微微斜向一边,双眼——依然愤怒的双眼——看着我。他应该是想用这些话来伤害我,可是他没有得逞。听到曾在脑子里闪过的想法被说出来,我反而感到如释重负……

"你究竟为什么不干脆让自己解脱算了,我真的不懂,"他说,"还是你没有方法?"

"方法我早就有了。"我说,一只手握住我的药瓶。

"我懂了,"他说,"你比我想的更有种……"

第十一章

隔天早上,卡斯雷克太太和我聊了一段时间;我不喜欢卡斯雷克太太,她黑黑瘦瘦的,说话尖酸刻薄,我在浦诺斯楼的这段时间以来,没听她说过任何人的好话。有时候,纯粹为了娱乐,我会提起一个又一个名字,然后等着听她从一开始的好话变成刻薄的评论。

她现在谈到米利·伯特。

"她是个善良的女孩子,"她说,"急着要帮忙。当然,她蛮笨的,又没受过政治方面的训练。那个阶级的女人对政治总是兴趣缺缺。"

在我的印象里,米利和卡斯雷克太太是属于同一个阶级。为了激怒她,我说:"事实上,就和特雷莎一样。"

卡斯雷克太太看起来相当震惊。

"噢，可是诺里斯太太非常聪明啊……"然后一如往常的毒舌出现了，"有时候对我来说太聪明了点。我常觉得她有点瞧不起我们所有的人。那种女性知识分子总是活在自己的世界里，你不觉得吗？当然，我不会说诺里斯太太是自私啦……"

接着话题回到米利身上。

"让伯特太太有点事做是件好事，"她说，"你知道的，我担心她的家庭生活不大快乐。"

"我很遗憾听到这件事。"

"伯特那个男人愈来愈糟糕了。他喝到国王旅店都要打烊了，才摇摇晃晃地走出来。说真的，我想知道他们为什么还给他喝。而且，我相信他有时候很粗暴，至少邻居们是这样说的。她怕他怕得要死，你知道的。"

她的鼻尖微微动了一下，我判定那是一种表示愉悦感的颤动。

"她为什么不离开他？"我问。

卡斯雷克太太看起来很震惊。

"噢，说真的，诺里斯上尉，她不会做那种事的！她能去哪里？她没有亲戚。我有时候想，如果出现一个对她释出善意的年轻人，你知道的，我不认为她会坚持原则。而且她长得很好看，有点太显眼了。"

"你不大喜欢她，是吧？"我说。

"喔,喜欢啊!我喜欢她。不过当然啦,我不算认识她。兽医……嗯,毕竟不是医生。"

卡斯雷克太太清楚指出兽医在社会地位的差异之后,十分关切地问我有没有什么需要她帮忙的。

"你人真好,我想没有什么需要帮忙。"

我看向窗外。她跟随我的眼神,看到了我注视的对象。

"喔,"她说,"是伊莎贝拉·查特里斯。"

我们一起看着伊莎贝拉愈走愈近,穿过大门,踏上往露台的阶梯。

"她真是个漂亮的女孩,"卡斯雷克太太说,"不过非常文静。我常觉得这么文静的女孩通常有点狡猾。"

"狡猾"这个词让我感到很愤怒。我什么也不能说,因为卡斯雷克太太一说完就出去了。

狡猾……这么可怕的词!特别是用在伊莎贝拉身上的时候。伊莎贝拉身上最明显的特质就是诚实,一种无畏无惧、几近刻苦的诚实。

然后,我突然想起她用围巾盖住那些药锭的方式、她假装正在聊天时的轻松自在,完全没有激动或手忙脚乱的样子,简单而自然,仿佛这种事她已经做了一辈子似的。

也许,那就是卡斯雷克太太所谓的"狡猾"?

我想问问特雷莎的想法。她不会主动发表意见,但如果你问她,你就会得到答案。

伊莎贝拉到达的时候,我发现她很兴奋。我不知道其他人是否看得出来，但我马上就发现了。某种程度上，我开始变得相当了解伊莎贝拉。

她直截了当地开口，没有浪费时间寒暄。"鲁珀特要来了，真的要来了，"她说，"他随时会到。当然，他是搭飞机回来的。"

她坐下来，露出微笑，修长的双手交叠在大腿上。窗外那棵紫杉在她头部后方，在天空的衬托下形成图案。她坐在那儿，看起来幸福快乐。她的神态，那幅画面，让我想起了什么，某个我最近才看过或听过的画面……

"他要来，对你来说很重要吗？"我问。

"是啊，很重要。噢，没错，"她补充，"你知道的，我已经等了很长一段时间了。"

伊莎贝拉是不是有点像住在城壕围绕庄园里的玛丽安娜？她是不是有一点点丁尼生那个时代的味道？①

"在等鲁珀特吗？"

"对。"

"你……这么喜欢他？"

"我想我喜欢鲁珀特胜过这世上的任何人。"接着她又试

---

① 英国画家约翰·米莱斯（John Millais, 1829—1896）在一八五〇至一八五一年所画的《玛丽安娜》(*Mariana in the Moated Grange*)，取材自英国桂冠诗人丁尼生（Lord Alfred Tennyson, 1809—1892）写于一八三〇年的诗作《玛丽安娜》(*Mariana*)。诗中描绘女子玛丽安娜在封闭的庄园里苦候朝思暮想的情人。

着在相同字句上加上不同的语调。"我……我想我喜欢。"

"你不确定吗?"

她看着我,突然显得十分忧虑。"人有办法对任何事情都很确定吗?"

那不是她情感的表达,她一定是在提问。

她问我,因为她想我也许会知道答案。她根本没想到这个问题却伤了我。

"没有办法,"我说,我的声音连自己听来都好刺耳,"人永远无法确定。"

她接受了这个答案,看着自己静静交叠的双手。

"我明白了,"她说,"我明白了。"

"你已经多久没见到他了?"

"八年了。"

"你真是个浪漫的人,伊莎贝拉。"我说。

她疑惑地看着我。"因为我相信鲁珀特会回来,然后我们会结婚吗?但那不是因为浪漫,而比较像是一种模式……"她修长静止的双手微微颤抖、活了起来,抚摸着洋装上的某个东西。"是我的模式,也是他的模式,这两个模式会凑在一起,然后结合。我不认为我会离开圣卢。我在这里出生,也一直住在这里。我想继续住在这里。我想我会……死在这里。"

她说最后几个字的时候,身体微微颤抖,同时,一片云飘过来遮住了太阳。

我在心里再度为她这种对死亡的奇怪恐惧感到纳闷。"伊莎贝拉,我不觉得你在短时间内会死,还要好久,"我语带安慰地说,"你的身体很强壮,非常健康。"

她热切地表示同意。"对,我非常健康,从来不生病。我想我可能会活到九十岁,你不觉得吗?或者甚至一百岁。毕竟有人活到那个年纪。"

我试着想象伊莎贝拉九十岁的样子,但就是没办法,倒是可以轻易想象圣卢夫人一百岁的样子。可是圣卢夫人的个性充满活力而且强势,她会影响生命,清楚意识到自己是这些事情的导演和创造者。她和生命战斗,而伊莎贝拉只是接受。

加布里埃尔开门走进来,说:"你看,诺里斯……"在看到伊莎贝拉时,他住口了。

他的举止有点奇怪而且不自在。我心里有点好笑地想:是因为圣卢夫人的阴影吗?

"我们在讨论生死,"我愉快地说,"我才刚预言说查特里斯小姐会活到九十岁。"

"我不认为她会想活到那把年纪,"加布里埃尔说,"有谁会想?"

"我会想。"伊莎贝拉说。

"为什么?"

她说:"我不想死。"

"喔,"加布里埃尔愉快地说,"没有人想死。或者说,他们不在意死亡这件事,不过他们害怕死亡的过程,那是一件痛苦混乱的事。"

"我在意的是死亡本身,"伊莎贝拉说,"不是痛苦。我可以忍受许多痛苦。"

"那是你以为的。"加布里埃尔说。

伊莎贝拉被他轻蔑口气中的某个东西激怒了,她脸都红了。

"我可以忍受痛苦。"

他们看着彼此。他的眼神仍然满是轻蔑,她则充满挑战意味。

接着,加布里埃尔做了一件我不敢苟同的事情。

我刚把香烟放下,他快速跨过我面前,捡起烟,然后就把还在燃烧的烟头拿到伊莎贝拉的手臂旁。

她没有退缩或移开手臂。

我想大叫抗议,但他们两人都没有理会我。他把燃烧的烟头压在她的皮肤上。

身为残废的所有屈辱和悲苦,在那片刻全都显现在我身上——全然无助,不能动弹,无法行动。加布里埃尔的野蛮令我恶心,我却无法阻止他。

我看到伊莎贝拉的脸色因疼痛而转为苍白。她紧闭双唇,没有移动,双眼持续盯着加布里埃尔的眼睛。

"加布里埃尔,你疯了吗?"我大叫,"你到底在干嘛?"

他完全不理会我,仿佛我根本不在房里一样。

突然，他迅速地把香烟丢进火炉。

"我向你道歉，"他对伊莎贝拉说，"你是有办法忍受痛苦的。"

他一说完，立刻离开了房间，一句话也没多说。

我几乎说不出话来，试着吐出几个字。

"那个粗暴的人……野蛮的人……他到底以为他在做什么啊？他应该被枪毙……"

伊莎贝拉慢慢地用手帕将烫伤的手臂包起来，眼睛盯着门看。她包扎的时候——如果我可以这么说的话——几乎是心不在焉，好像心思在别的地方。

然后她恍惚地看着我，表情看起来有点惊讶。

"怎么了？"她问。

我没什么条理地试着告诉她我对加布里埃尔行为的感觉。

"我不知道，"她说，"你为什么这样生气？加布里埃尔少校只是要看看我是否能够忍受疼痛。现在他知道我办得到了。"

第十二章

那天下午我们办了一场茶会。卡斯雷克太太的外甥女来圣卢,她和伊莎贝拉曾经是同学,卡斯雷克太太是这么说的。我根本没办法想象伊莎贝拉上学的样子,所以,特雷莎提议邀请那个外甥女(现在是莫当特太太)以及卡斯雷克太太来喝茶的时候,我立刻就答应了。

"安·莫当特要来。她以前和你是同学吧?"

"有好几个叫安的,"伊莎贝拉不是很确定地回答说,"有安 崔恩查德、安·兰利和安·汤普森。"

"我忘记她结婚前姓什么。卡斯雷克太太是有跟我说过。"

结果,安·莫当特是安·汤普森。她是个活泼的少妇,举止强势而自信，让人不大舒服（至少我这么觉得）。她在伦敦的某个政府部门工作，她先生则在另一个政府部门。她有一个小孩，为了方便起见，将小孩托放在某个地方，才不会干扰安·莫当特对战事的重要贡献。

"虽然我妈妈认为，轰炸已经结束了，我们现在可以考虑把托尼接回来。但说真的，我认为现阶段要让孩子待在伦敦太困难了。公寓太小，又找不到好保姆，还有吃饭的问题。而且，当然啦，我整天都不在家。"

"我真的觉得，"我说，"你有这么多重要的工作，还生小孩，实在非常有公益精神。"

特雷莎坐在一个大银茶盘后面，我看到她微微笑，同时轻轻地对我摇摇头。

但年轻的莫当特太太对我说的话倒没什么不满，事实上，她似乎还蛮高兴。

"我确实觉得……"她说，"人不该逃避自己的责任。现在很需要小孩，特别是我们这个阶级。"就好像后来才想到一样，她又补充说："而且，我将一切都献给了托尼。"

接着她转向伊莎贝拉，陷入圣尼尼安的往事回忆里。我感觉在两人的交谈之中，其中一位似乎不大知道自己的角色，安·莫当特好几次都得帮她一下。

卡斯雷克太太有些抱歉地对特雷莎低声说："抱歉，迪克迟到了。我不知道他是因为什么事情而耽搁，通常他四点半就会到家。"

伊莎贝拉说："我想加布里埃尔少校和他在一起。加布里埃尔少校十五分钟前从露台走过去。"

我很惊讶。我没听到有任何人经过。伊莎贝拉是背对着落地窗的，不可能看到有人走过去。我一直看着她，她绝没有转过头，或是表现出任何注意到有人的迹象。当然，我知道她的听力超乎常人地好，但我想知道她怎么知道那是加布里埃尔。

特雷莎说："伊莎贝拉，如果你不介意——喔，不，请不用动，卡斯雷克太太——可以请你去隔壁问问他们两位要不要过来一起喝杯茶吗？"

我们看着伊莎贝拉高挑的身影消失在门边，然后安·莫当特说："伊莎贝拉真的一点都没变，她还是一样，总是那个最奇怪的女孩，像在梦里一样地走来走去。我们总说是因为她很聪明的关系。"

"聪明？"我尖声说。

她转向我。

"对，你不知道吗？伊莎贝拉聪明得吓人。我们的校长柯蒂斯小姐因为她不愿意继续去萨默维尔[①]念书而非常伤心。她才十五岁就获得入学许可，还得了好几个奖。"

我还是倾向认为，伊莎贝拉是个外表迷人但并非有过人

---

① 萨默维尔学院（Somerville College）是英国牛津大学两所女子学院其中之一，前英国首相撒切尔夫人即毕业于此。

天赋的人。我依然不可置信地看着安·莫当特。

"她擅长什么科目?"我问。

"喔,天文学和数学。她的数学好得吓人,还有拉丁文和法文。只要她想学,没有学不会的。不过你知道,她一点也不在乎。这让柯蒂斯小姐很难过。伊莎贝拉好像只想回来,然后在这个闷热的旧城堡里住下来。"

伊莎贝拉和卡斯雷克、加布里埃尔一起回来了。

茶会办得非常成功。

"特雷莎,让我想不通的是,"那天晚上我对她说,"我们完全不可能得知一个人究竟是什么样子。拿伊莎贝拉来说吧。那个叫莫当特的女人说她很有头脑,我自己之前则认为她根本是个智障。还有,我会说她的其中一项特质是诚实,卡斯雷克太太却说她很狡猾。狡猾呀!多糟糕的词啊。加布里埃尔说她志得意满、装模作样。你……嗯,其实我不知道你是怎么想,因为你很少说出对其他人的看法。不过呢,嗯,一个在不同人眼中看来如此不同的人,她的真实面貌到底是什么?"

很少加入谈话的罗伯特不安地动了一下,并出人意料地说:"但那不就是重点吗?在不同人的眼中,人就是有不同的样子,事物——譬如说树或海——也是一样。也好比两个画家画出来的作品,就会让人对圣卢港有完全不同的感受。"

"你是说,一个用自然主义的画法,而另一个用象征式的吗?"

罗伯特有点疲倦地摇摇头。他讨厌与人聊绘画，从来都找不到适当的说法来表达他的意思。"不是，"他说，"他们根本就用不同的方式在'看'。也许可以说——我不知道——你从所有事情里面挑出对你重要的东西。"

"你觉得我们对人也是如此吗？但不可能出现两个完全相反的特质吧？譬如伊莎贝拉不可能同时很聪明又很智障！"

"休，我觉得你对这件事的判断错误。"特雷莎说。

"噢，特雷莎！"

特雷莎微微一笑。她缓缓地、深思地说："你可以拥有一项特质而不用它，因为你有更简单的方法可以达到一样的结果，或者因为……对，那是比较有可能的……因为这样比较省事。重点是，休，我们所有的人已经离'单纯'这么远，以至于现在遇上'单纯'时都不知道那是什么了。去感觉一样事物，比思考它简单得多，麻烦也少得多。只是在复杂的文明生活里，单靠感觉不够精确。

"我可以举例说明我的意思，你知道的，这有点像是如果有人问你现在是什么时候，早上、中午还是晚上，你不需要思考就能回答，也不需要精确的知识或是日晷、水钟、经线仪、手表、时钟这类仪器。但如果你与人有约要去赶火车，而需要在特定时间、出现在特定地点，那么你就得思考，设计一套复杂的机制来达到准确性。

"我想，面对人生的态度也是如此；你感到快乐，你被激怒，你喜欢某人或某物，你不喜欢某人或某物，你感到难过。休,像你和我这种人(罗伯特就不属于这类型),会揣测自己的感觉,会分析自己的感觉、思考自己的感觉。我们检视整件事,然后给自己一个理由。'因为这样那样,所以我很快乐;因为这样那样,所以我喜欢这个那个;我今天很难过,因为这样那样。'只不过,往往我们所归结的理由都是错的,我们任性地欺骗自己。但是伊莎贝拉,我觉得啦,她不会揣测,不会问自己为什么,从来不会。因为,老实说,她对此不感兴趣。如果你要她思考,告诉你为什么她对某些事物有她的感受,我想她可以非常准确地想清楚,然后给你正确答案。不过她像被供在壁炉上那种性能好又昂贵的钟,从未上过发条,因为在她的生活中,知道确切的时间根本不重要。

"可是在圣尼尼安的时候,她被要求要使用她的智力,她确实也发挥了这项能力,但并不是……我应该说,她的智力并不是特别在思索方面,她偏好数学、语言和天文学这类不需要想象力的科目。我们所有人都需要想象力和思索来提供逃脱的管道,一种抽离、跳脱我们自己的方式。伊莎贝拉不需要脱离自己,她可以和自己相处,与自己达到和谐一致。她不需要更复杂的生活方式。

"也许中世纪的所有人都像她那样,甚至到了伊丽莎白时期还是如此。我在一本书里看过一句话:所谓'伟大的人'在那时候只有一个意义——一个拥有庞大资产的人,一个有钱有势的人,就那么简单。完全没有我们后来加诸的精神及道德层面上的意义,这个词和人格没有任何关系。"

"你的意思是说,"我说,"这些人面对人生的态度是具体而直接的,他们没想那么多?"

"对,哈姆雷特和他思索的那些东西、他的'生存还是死亡'①,和那个时代格格不入,以至于从那时开始,有很长一段时间,评论家谴责《哈姆雷特》这出戏,因为它在情节上有致命的弱点。'没有任何理由,'其中一人说,'让哈姆雷特不在第一幕就杀了国王。唯一的理由就是:如果他那时杀了国王,后面就没戏唱了!'对他们来说,有一出关于人格的戏是很不可置信的。

"但如今我们全都成了哈姆雷特和麦克白②了。我们老是在问自己……"她的声音突然显得十分疲惫,"'生存还是死亡?'不管是活着好还是死了好,我们就像哈姆雷特分析(并嫉妒!)福廷布拉斯③一样,分析成功的人。

"现在福廷布拉斯变成易于理解的角色了。他勇往直前、充满自信,从来不问自己问题。现在还有多少人像他这样?我想不多了。"

"你觉得伊莎贝拉是女生版的福廷布拉斯?"我问,面带

---

① "生存还是死亡"(to be, or not to be),出自莎士比亚名剧《哈姆雷特》(Hamlet)第三幕第一场的经典台词。
② 《麦克白》(Macbeth)是莎士比亚最短的悲剧。
③ 福廷布拉斯(Fortinbras),《哈姆雷特》中的挪威王子,其父亲因与哈姆雷特的父王比武而断送性命。最后福廷布拉斯终于夺回父亲输给丹麦的土地。

微笑。

特雷莎也露出微笑。

"没有那么好战,不过同样目标直接、单纯率直。她一定不会问自己:'我为什么是我这个样子?我真正的感觉是什么?'她知道自己的感觉,她就是她,"特雷莎轻柔地加了一句,"而且只要是她必须做的事,她都会去做。"

"你是说她相信宿命?"

"不。但我不认为她有过任何选择。她从来不会看到事情有两种选项的可能,只会有一种;她也绝不会想到要回头,总是继续向前走。对伊莎贝拉来说,没有回头这种事……"

"我想知道,我们之中是否有任何人可以回头!"我愤愤地说。

特雷莎冷静地说:"也许没有。可是我想,通常都有漏洞。"

"特雷莎,你说的到底是什么意思?"

"我想,人通常会有个逃脱的机会……通常是在事后才发现……等你回顾从前的时候……但总是有的……"

我沉默了一下,抽着烟,陷入沉思……

特雷莎话一说完,我脑海里的记忆突然变得鲜明。我刚到卡罗·斯特兰奇韦家的鸡尾酒派对时,站在门口迟疑了片刻,双眼还在适应里面昏暗的灯光和烟雾,接着看到珍妮弗在房间的另一侧。她没看见我,她正在和某个人说话,活泼好动，神色如常。

我意识到两股强烈而冲突的感觉。首先是胜利的喜悦。我知道我们一定会再见，而现在我直觉的认知得到证明。在火车里的那次会面不是一个独立的事件，我一直知道那不是意外，而现在事实证明了我想得没错。然而，我在兴奋和胜利的喜悦之外，突然想要转头离开那个派对……我想要让那次火车上的会面变成一个独立事件，一件我永远不会忘记的事。这就好像有人对我说："那就是你们可以给彼此最好的东西了——短暂的完美。见好就收吧。"

如果特雷莎说得没错，那就是我"逃脱的机会"。

嗯，我没有把握那个机会回头，我让事情继续发展，珍妮弗也是。而所有其他事情也就接连发生了。我们相信我们彼此相爱、哈罗路的那辆卡车、我的躺椅，还有浦诺斯楼……

我的思绪回到本来想谈的事，回到伊莎贝拉身上。我对特雷莎提出最后的抗议。

"但她不狡猾吧，特雷莎？这么糟糕的词汇，狡猾。"

"我不知道。"特雷莎说。

"狡猾呀！伊莎贝拉吗？"

"狡猾难道不是最早、也最简单的自卫方式吗？巧诈难道不是最原始的特性？野兔蹲着不动、松鸡故意振翅飞过帚石楠①不也是要引开你的注意，以免你靠近它的巢？休，巧

---

① 帚石楠（heather），多年生灌木，是松鸡的主要食物。

诈当然是最基本的，那是在你被逼到墙角、全然无助时唯一的武器。"

她起身走向门口。罗伯特已经溜去睡觉了。特雷莎将手放在门把上，转过头。

"我认为，"她说，"你真的可以把你那些药丢了。你现在不会想要这些东西了。"

"特雷莎，"我大叫，"你知道？"

"我当然知道。"

"但是……"我停下来，"你为什么说我现在不会想要那些东西了？"

"嗯，你想要吗？"

"不，"我缓缓地说，"你说得没错……我不想要。我明天就把它们丢掉。"

"我很高兴，"特雷莎说，"我一直很担心……"

我好奇地看着她。"那你为什么没有试着把它们拿走？"

她沉默了片刻，然后说："它们给了你一种慰藉，不是吗？它们让你感到安全，让你知道自己有个出口？"

"对，"我说，"这样差别很大。"

"那你为什么还蠢到问我为何没把它们拿走？"

我大笑出声。"好啦，明天，特雷莎，这些药明天都会进下水道。我保证。"

"你终于又开始生活了……想要活下去。"

"对，"我一边思索着，"我想我要重新生活了。我真的不知道是为什么,但这是真的,我真的对'明天'这件事又感兴趣了。"

"你又感兴趣了,没错。我在想,不知道是因为谁的关系。是因为在圣卢的生活?或是伊莎贝拉·查特里斯?还是约翰·加布里埃尔?"

"一定不是因为约翰·加布里埃尔。"我说。

"我不大确定。那个男人有种特质……"

"确实很有女人缘!"我说,"不过他是我讨厌的那种人,我没办法忍受那种大言不惭的投机分子。拜托,如果有机会获利,他连他祖母都会卖掉。"

"我不会感到意外。"

"我一点都不信任他。"

"他不是个非常值得信赖的人。"

我继续说:"他自吹自擂,明目张胆地追逐名声。他利用他自己还有其他所有人。你难道认为他会做出任何不求利益的事吗?"

特雷莎沉思地说:"我想他也许会。不过一旦如此,他大概就完蛋了。"

接下来几天,我一直想着特雷莎这句话。

第十三章

接下来的地方盛事是惠斯特纸牌大赛[1],妇女协会的人筹办的。

大赛总是在浦诺斯楼的大谷仓举办,我猜大谷仓是个很特别的地方。热情的古董迷贪婪地看着这个谷仓,还进行丈量、拍照,以及写报导。在圣卢,这个谷仓被视为公共财产,居民都以它为傲。

接下来两天有许多活动,热闹得很。妇女协会负责规划的人员忙进忙出。

---

[1] 惠斯特纸牌(Whist drive),桥牌的前身,两人一组、共四人一起玩。风行于十八、十九世纪的英国,因此经常举办比赛活动。

我很幸运地和人潮保持了距离。不过特雷莎有时会介绍一些人给我认识——我只能形容他们是特选的样品——作为我的消遣和娱乐。

因为特雷莎知道我喜欢米利，因此常常让她来我的起居室，我们一起做各式各样五花八门的工作，譬如写票券，或是粘贴装饰品。

做这些工作的时候，米利对我说了她的人生故事。如同加布里埃尔之前粗暴地告诉我的，我只能成为一台永远待命的接收器、听人说话，唯有如此才能证明我的存在。也许我在其他方面一无是处，但在这件事情上还能派上用场。

米利和我说话时没有那种强烈的自我意识，只像一条轻柔的小溪娓娓说出自己的故事。

她说了很多关于加布里埃尔的事。她对他的英雄崇拜有增无减。

"诺里斯上尉，我觉得他很棒的地方是，他人好亲切喔；我是说他那么忙，而且常要赶来赶去，又有那么多重要的事要做，但他总是记得很多事，说话时都会亲切地开开玩笑。我从来没遇过像他这样的人。"

"你也许说对了。"我说。

"他有了不起的战绩，却一点也不骄傲或自负，他对待我就像对待重要人士一样好。他对每个人都很好，而且记得这些人，以及他们的儿子是不是丧生了，或是在缅甸这种恐怖的地方。他总是知道该说什么，还有怎么让人们笑或打起精神。我不知道他是怎么办到这一切的。"

"他一定有在读吉卜林的《如果》[①]。"我冷冷地说。

"没错。如果有人会在这无情的每一分钟达到值六十秒的冲刺[②]，我相信那一定是他了。"

"大概会值一百二十秒，"我说，"六十秒对加布里埃尔来说不够。"

"要是我多懂一点政治就好了。"米利愁眉苦脸地说，"我已经读完所有的手册，但我不大会拉票或说服其他人来投票。你知道，我不知道他们说的那些事情的答案。"

"噢，这个嘛，"我安慰她说，"那种东西都只是靠一点小技巧而已。反正对我来说，拉票本身就不道德。"

她不解地看着我。

我解释说："你不该尝试要别人投下违背他们信念的票。"

"喔，我懂了。对，我知道你的意思了。不过，我们确实认为保守党是唯一可以结束这场战争、并且以正确方式达到和平的一群人，不是吗？"

"伯特太太，"我说，"你真是个模范小保守党员。你拉票的时候就打算这么说吗？"

她脸红了。

[①] 吉卜林（Joseph Rudyard Kipling, 1865—1936），英国作家与诗人，一九〇七年获得诺贝尔文学奖，《如果》(If) 是他写给儿子的勉励诗。
[②] 引用自《如果》中的诗句。

"不，我知道得太少，没办法谈政治那部分。但我可以说加布里埃尔少校是多么的好、多么真诚，还有，将来就是像他这样的人会扮演重要角色。"

嗯，我心想，那正是加布里埃尔希望的……我看着她泛红而认真的脸，她棕色的眼睛闪闪发亮，有那么一刻我很不安地想着：她对加布里埃尔会不会不只是英雄崇拜？

米利的脸就像是在回应我没说出来的想法一样，黯淡了下来。

"吉姆觉得我是个大笨蛋。"她自嘲地说。

"是吗？为什么？"

"他说我这么笨，不可能了解政治，反正整件事不过是个骗人勾当。而且他还说……我是指他说我不可能有任何用处，如果我去游说别人，等于是让那些人把票投给另外一边。诺里斯上尉，你认为这是真的吗？"

"不是。"我坚定地说。

她的脸亮了起来。

"我知道我在慌乱的时候会变得很笨，而吉姆总是会让我感到慌乱。他喜欢让我难过，他喜欢……"她停了下来，双唇在颤抖。

接着，她把手上本来在做的白色纸片一撒，开始哭泣；令人心碎而沉痛的啜泣。

"亲爱的伯特太太……"我无助地说。

一个无助地躺在椅子上的男人在这种状态下到底可以做

什么？我没办法靠过去拍拍她的肩膀,她坐得不够近;我无法拿手帕给她;也不能找个藉口搪塞后溜出房间;我甚至不能说:"我去帮你倒杯茶。"

不行,我得发挥我的功能,如同加布里埃尔够好心(或够残忍)才告诉我的话一样,那是我唯一仅有的功能了。于是我无助地说:"亲爱的伯特太太……"然后等待。

"我好不快乐,不快乐到了极点。我现在明白了……我不该嫁给吉姆。"

我轻轻地说:"喔,别这样,没那么糟,我很确定。"

"他本来那么爽朗又有干劲,而且很会说笑。以前我们的马出问题的时候,他常来看。我爸经营一家马术学校,你知道。吉姆骑在马上的样子,好看得不得了!"

"对,对。"

"他那时候没喝那么多酒;也可能他有,只是我不知道。虽然我想我应该要知道的,因为曾有人来告诉我,说他喝太多。但你知道的,诺里斯上尉,我并不相信这回事。人就是不听劝,对不对?"

"人是不听劝。"我说。

"我以为我们结婚后,他就会戒掉这个习惯。我很确定,他在我们订婚后就没喝了。我确定他没有喝。"

"也许没有吧,"我说,"男人在追求女人时,什么事都做得到。"

"他们还说他很残忍,可是我不相信,因为他对我那么温柔，虽然有一次我看到他对一匹马……对它发脾气，惩罚它……"她颤抖了一下，眼睛半闭着。"我感觉……我感觉非常不一样……就在那一刻。我对我自己说：'如果他是这种男人，我是不会嫁给他的。'很好笑吧，你知道，突然间我觉得他像个陌生人，根本就不是我的吉姆。如果我那时候毁了婚约会很好笑，对不对？"

好笑不是她真正的意思，然而我们都同意，如果她悔婚确实会很好笑，而且也很幸运。

米利继续说："但我还是接受了一切。吉姆解释了一番，我也了解男人偶尔总会发脾气，就觉得没那么重要了。你知道，我以为我可以让他很快乐，再也不会想要喝酒或发脾气。那就是为什么我这么想要嫁给他，我想让他快乐。"

"为了让他人快乐，不是结婚的真正目的。"我说。

她盯着我看。"可是如果你爱一个人，你想做的第一件事就是让他快乐，不是吗？"

"那是对自己的一种间接纵容，"我说，"而且这种情形非常普遍。在婚姻统计中，因此造成的不幸大概比其他任何情况都还多。"

她依然盯着我。我引述几行埃米莉·勃朗特[①]可悲的智慧诗句给她听：

---

① 埃米莉·勃朗特（Emily Brontë，1818—1848），英国诗人、小说家，最著名的作品是《呼啸山庄》。

我知道爱人的一百种方法，

每一种都让被爱的人懊悔忧伤。

她抗议："好可怕的想法！"

"对他人的爱，"我说，"就是加诸在那个人身上无法忍受的重量。"

"诺里斯上尉，你真的很爱说笑。"

米利看起来快要咯咯笑出声了。

"不要理我，"我说，"我的看法之所以和传统不同，只因为我经历过悲伤。"

我避开她眼里逐渐苏醒过来的同情，把话题拉回伯特身上。我心想，很不巧的，米利就是温驯、容易受到威吓的那一型，也是最不适合和伯特那种男人结婚的类型。就我所听说的事情来看，我猜伯特喜欢马和女人都有的那种特质；一个爱尔兰泼妇可能制得住他，激起他内心那种不情愿的尊敬。最致命的就是让他全然掌控一只动物或一个人。他太太的恐惧退缩以及她的眼泪和叹息，使得他好虐的个性变本加厉。最遗憾的是，对大部分的男人而言，米利会是一个快乐而成功的妻子（至少我这么认为）。她会倾听他们说话、奉承他们，无微不至地关心、照顾他们；她会提高他们的自尊，让他们有好心情。

我突然想到，她会很适合当加布里埃尔的太太。她对他的抱负也许没有帮助（但他真的有什么雄心壮志吗？我很怀疑），不过她可以安抚他内心的痛苦与畏缩——这些只会偶尔从他那几乎让人无法忍受的过度自信中显露出来。

伯特一方面忽略太太的感受,却又是个善妒的人,这种人似乎一点也不少见。他一边奚落他太太的懦弱与愚蠢,对任何向她表现友善的男人却又恨得牙痒痒。

"诺里斯上尉,你不会相信,但他竟然说了加布里埃尔少校很多难听的话,只因为加布里埃尔少校上礼拜约我和他在橘子猫喝杯咖啡。他人真好——我是说加布里埃尔少校,不是吉姆——我们在那里坐了很久,虽然我确定他根本没那个时间,我们聊了好一阵子,而且谈得很愉快,他问我关于我爸爸和马的事情,还有以前圣卢是什么样子。他真是好得没话说!然后……然后……就让吉姆说了他说的那些话,又让他发脾气。他扭伤我的手臂,我逃开了,把自己锁在房间里。我有时候怕死吉姆了……喔,诺里斯上尉,我非常不快乐,我真希望死掉算了。"

"不、不,你不会想死的,伯特太太,不会的。"

"喔,可是我真的这么想。在我身上还会发生什么事?没有任何事情可以期待,只会愈来愈糟。吉姆因为喝酒丢了很多工作,那让他更是生气。我好怕他。我真的好害怕……"

我尽我所能安抚她。我不认为事情像她想的那么糟,但她绝对是个非常不快乐的女人。

我告诉特雷莎说米利的生活很悲惨,然而特雷莎似乎兴趣缺缺。

"你不想听听是怎么回事吗?"我问,带着一点责备的语气。

特雷莎说:"没有特别想听。不快乐妻子的故事都非常雷同,有点千篇一律。"

"说真的,特雷莎,"我说,"你真的很无情。"

"我承认,"特雷莎说,"同情他人向来不是我的强项。"

"我有种不安的感觉,"我说,"那个可怜的小东西恐怕爱上加布里埃尔了。"

"我应该说,几乎确定是爱上他了。"特雷莎冷淡地说。

"这样你还是不会替她感到难过吗?"

"嗯……不会为了这个原因。我想,爱上加布里埃尔应该是个令人愉快的经验。"

"真想不到,特雷莎!你自己不会爱上他了吧,你有吗?"

没有,特雷莎说,她没有爱上他。然后又说,很幸运。

我抓住这一点,跟她说她讲话不合逻辑,她刚刚才说爱上加布里埃尔会非常愉快。

"对我来说不会觉得愉快,"特雷莎说,"因为我一向不喜欢被情感冲昏头。"

"对,"我沉思地说,"确实如此。但为什么?我不懂。"

"我没办法解释。"

"试试看。"我要求。

"亲爱的休,你真的很喜欢追根究底呀!我想是因为我对生活缺乏直觉。对我来说，感到自己的意志和脑袋完全被情绪淹没和推翻是难以承受的。我可以控制自己的行为，某种程度上也能控制自己的想法。对我的尊严而言，没办法控制情绪是很恼人的事，它让我觉得羞辱。"

"加布里埃尔和伯特太太之间不会有什么危险吧？"我问。

"是有一些谣言。卡斯雷克太太有点担心，她说有很多人在说闲话。"

"那个女人！她敢去胡说八道！"

"就像你说的，她敢。但她代表了舆论，代表了圣卢那些恶毒的八卦人士的意见。而且就我所知，伯特喝了几杯之后就爱乱说话，这是常有的事。当然啦，大家都知道他是个醋坛子，他说的话很多都要打折扣，可是这些都会变成谣言。"

"加布里埃尔得小心点。"我说。

"小心不是他擅长的事，对吧？"特雷莎说。

"你不认为他是真的关心那个女人？"

特雷莎想了一会儿才回答："我想，他很替她感到难过；他是个很容易可怜别人的男人。"

"他不会要她离开她先生吧？那麻烦可大了。"

"是吗？"

"亲爱的特雷莎，这样会搞垮整场秀。"

"我知道。"

"嗯，那就死定了，对不对？"

特雷莎带着奇怪的口吻说："是约翰·加布里埃尔死定了，还是保守党死定了？"

"我是在讲加布里埃尔，"我说，"不过当然啦，对政党来说也是一样。"

"确实，我不大在意政治，"特雷莎说，"就算多一个工党代表进入威斯敏斯特宫，我也不在乎，虽然这话被卡斯雷克夫妇听到就糟了。我在想的是，这对加布里埃尔来说会是坏事吗？假如最后的结果是他变成一个快乐的男人呢？"

"但他极度渴望胜选啊。"我大声说。

特雷莎说，成功和快乐是两件完全不同的事。

"我不大相信这两件事能够相容。"她说。

第十四章

惠斯特纸牌大赛当天早上，卡斯雷克跑来倾吐满腹的忧虑和沮丧。

"这其中什么事也没有，"他说，"当然什么都没有！我认识伯特太太一辈子了。她很好，成长背景规矩得很，完完全全是个好女孩。但你知道人们的脑子里都在想什么。"

我知道他太太在想什么，那大概就是他评断别人想法的标准。

他继续在房里走来走去，一边气呼呼地揉着鼻子。

"加布里埃尔是个善良的人。他对她很好，但是他太粗心大意了；在选战期间是容不得你粗心大意的。"

"你真正的意思是，容不得你对人太友善。"

"没错……没错。加布里埃尔对人太友善了,尤其在大庭广众之下。他早上和她在橘子猫喝咖啡,这样不好看。为什么要和她在那里喝咖啡呢?"

"他为什么不能这么做?"

卡斯雷克不理会我这句话。

"所有的老太婆都在那个时候吃早餐。据我所知,有天早上他又陪她在镇上走了好长一段路,还帮她提购物袋。"

"所有的保守党绅士都会这么做。"我喃喃地说。

卡斯雷克依然不理会我的话。

"然后有一天他顺道载了她一程,到斯普雷格农场那里。路程那么远,看起来就像他们一起出去玩。"

"现在已经是一九四五年,不是一八四五年啦。"我说。

"这里没什么变,"卡斯雷克说,"我指的不是新的度假小屋和那群自命为艺术家的人,他们跟得上时代,没有道德感可言,但反正他们都是投给工党的。我们要担心的是镇上那群稳固不变、值得尊敬、比较老派的人。加布里埃尔真的得小心一点。"

半个小时后,加布里埃尔冲进我的房里,气得七窍生烟。卡斯雷克之前才圆滑地向他重述了这些事,而结果就和在对的时机圆滑地发表意见所会得到的回应一样。

"卡斯雷克,"他说,"根本是三姑六婆!你知道他居然有脸跟我说什么吗?"

"知道,"我说,"我全都知道了。对了,现在是我的休息时间,我不想接待访客。"

"放屁!"加布里埃尔说,"你不需要休息。你一直都在休息。你得听我说说对这件事的看法。混蛋!我得找人发泄一下。就像那天告诉你的,这是你唯一的用处,所以有人想自言自语的时候,你不如下定决心优雅地听听人家说什么吧!"

"我记得你那时候的用字遣词特别迷人。"我说。

"我那样说是为了气你。"

"我知道。"

"我想我那么说是残酷了点,但毕竟太容易生气对你也没好处。"

"其实,"我说,"你那么说倒是让我振作起来。我一直围绕在体贴和圆滑的话之中,能听到坦率的谈话反而松了一口气。"

"你愈来愈上道了。"加布里埃尔说,然后继续倾吐他自己的事情。

"我请一个不快乐的女孩在公共咖啡厅喝杯咖啡,一定要被怀疑有不道德的行为吗?"他质问,"为什么我要理会那些脑袋像下水道一样的人?"

"嗯,你想成为国会议员,不是吗?"我说。

"我会成为国会议员。"

"卡斯雷克的重点是,如果你这样炫耀你和伯特太太的友谊,你就不会成为国会议员。"

"这些人真卑鄙!"

"喔,对啊,对!"

"一副政治不是世上最龌龊勾当的样子!"

"又说对了,没错。"

"不要笑,诺里斯。我觉得你今天早上实在很讨人厌。如果你认为我和伯特太太之间有什么不应该的事,那你就错了。我替她感到难过,如此而已。我从来没对她说过什么她丈夫或圣卢整个监视委员会想听而不能听的话。老天,如果你事先想想我在女人方面有多么克制,而且我很喜欢女人哪!"

他很受伤。这件事本身也有它的幽默之处。

他认真地说:"那个女人非常不快乐。你不知道……你没法猜到她得忍受什么样的事情。她一直以来多么勇敢、多么忠诚,而且毫不抱怨,她说一定有部分是她的错。我想修理伯特一顿,他是个彻彻底底的野蛮人。我搞定他之后,连他妈都不会认得他!"

"老天爷!"我大叫,非常惊恐,"加布里埃尔,你就不能谨慎一点吗?公开和伯特一闹,你胜选的机会就没了。"

他大笑出声,然后说:"谁知道?也许值得啊。我跟你说……"他突然停了下来。

我看了看是什么事情让他停下来。是伊莎贝拉,她刚穿过落地窗走过来。她向我们两人道了声早安,然后说特雷莎要她今晚来帮忙谷仓那边的准备工作。

"查特里斯小姐，我希望你能赏光，让我们蓬荜生辉吧！"加布里埃尔说。

这几句话混合了油腔滑调和活泼开朗的口气，一点也不适合他。伊莎贝拉似乎总是对他有负面影响。

她说："会。"又补充了一句："这些事情我们都会参与。"

然后她去找特雷莎。接着加布里埃尔就爆发了。

"公主殿下真是友善，"他说，"非常能降低身份屈就。她人真好，愿意和平民百姓打成一片！真有礼貌！我跟你说，诺里斯，一打像伊莎贝拉·查特里斯这种装模作样的女生，还比不上一个米利·伯特！伊莎贝拉·查特里斯，她到底是谁啊？"

伊莎贝拉究竟是谁似乎很明显，但加布里埃尔继续谈论这个主题。

"一文不名。生活在破烂老旧的城堡里，装得比别人高贵。整天没事在那里晃来晃去、玩弄手指，希望那个宝贝继承人会回来娶她。她从没见过他，而且一点也不在乎他，却愿意嫁给他。喔，没错，我呸！这种女生让我想吐。想吐，诺里斯。被宠坏的京巴儿狗，她们就是那样。圣卢大人，她想成为圣卢夫人。现在当圣卢夫人到底有什么好处？所有那种东西都下台一鞠躬了。滑稽喜剧，现在那些东西就是滑稽喜剧，音乐厅里的笑话。"

"说真的，加布里埃尔，"我说，"毫无疑问你入错阵营了。你可以在威尔布里厄姆的讲台上发表伟大的演说。你为什么不换边站呢？"

"对那种女生来说，"加布里埃尔依然气呼呼的，"米利·伯特不过是个兽医的太太！一个在政治宴会上被瞧不起的对象，不会被邀请去城堡喝茶。喔，不会的，还不够格去喝茶！我告诉你，米利·伯特比六个伊莎贝拉·装模·作样·查特里斯还要好。"

我坚决地闭上眼睛。

"加布里埃尔，你可不可以走开？"我说，"不管你说什么，我还是一个病重的人，我坚持我要休息。我觉得你实在很令人厌烦。"

第十五章

每个人对约翰·加布里埃尔和米利·伯特的事情都有意见，而且迟早所有人都会来告诉我这件事。在惠斯特纸牌大赛的准备期间，我的起居室变成大家的休息室，人们在这里喝茶或来杯雪莉酒充电。特雷莎当然可以把他们挡在门外，但她没有那样做，而我很高兴她没有，因为我发现自己对那些马路消息、那些不良居心和淡淡的嫉妒迅速蔓延的模式非常感兴趣。

我很确定，米利和加布里埃尔之间不存在什么特殊的东西，他这边是友善和同情，而她那一边则是英雄崇拜。

不过我很不情愿地发现，现在的情况隐含了一些新发展，如同那些恶毒的谣言所期待的一样。米利十之八九已经爱上加布里埃尔了,虽然严格说来她是无辜的,而她自己可能还没发觉。加布里埃尔基本上是个感官动物,他保护女性的骑士风度随时可能转变成激情。

我想,要不是因为选举的迫切需要,他们的友谊大概已经演变成恋情了。我猜想,加布里埃尔是个需要被爱、同时被崇拜的男人,只要他有呵护的对象,就能平息他骨子里蛇蝎般的恶毒;米利就是那种需要被呵护的女人。

我讽刺地想着,这会是那种比较好一点的偷情行为——基于爱、同情、仁慈和感激,而不那么出于情欲。不过,这毫无疑问仍会被视为偷情,而圣卢大部分的选民并不会用"情有可原"的眼光来看待这段婚外情,他们会让私生活洁白无瑕的威尔布里厄姆以破纪录的选票当选;要不然就是坐在家里,完全不去投票。无论如何,加布里埃尔是靠他个人的号召力在打这场选战,选举结果得由加布里埃尔自己承担,而不是算在丘吉尔身上。加布里埃尔现在可说是如履薄冰。

"我知道也许我不该提这种事。"崔西莉安夫人气喘吁吁地,她刚刚走得很快。她脱掉灰色法兰绒大衣,很感激地喝了一口盛在特里格利斯姑婆留下的罗金厄姆①茶杯里的茶。接着压低声音,一副有密谋的样子。"不过,我想知道有没

---

① 罗金厄姆(Rockingham),十九世纪知名的瓷器制造商,其陶瓷产品供英国及其他国家的皇室贵族使用。

有人跟你讲了什么关于……关于伯特太太和……和我们候选人的事。"

她像只忧虑的小猎犬般看着我。

"恐怕,"我说,"有人讲了一些闲话。"

她亲切的脸看起来非常担心。"噢,天啊,"她说,"我希望他们没有说。她人很好,你知道的,确实非常好,一点都不是那种会……我是说,这样真的很不公平。当然啦,如果有什么事情,任何需要小心的事……哎呀,那么他们就会很小心,不会让任何人知道了啊。就是因为没什么,也没有什么好躲躲藏藏的,他们才会没有,嗯……没有想到……"

这时查特里斯太太大跨步走进来,气急败坏地说了些和马有关的事情。

"这么粗心,真是不要脸,"她说,"那个叫伯特的男人完全不能信赖。他愈喝愈多,而且现在从他的工作表现上已经看得出来了。当然啦,我一直都知道他对狗一点办法也没有,不过之前他还有办法处理马和牛的事,农场主人都很信赖他。但我听说波尼希的母牛在生产时死了,只因为他的疏忽。现在本特利的母马也遭殃了。他再不小心点,会断了自己的生路。"

"我正好在跟上尉说伯特太太的事,"崔西莉安夫人说,"问他有没有听说些什么……"

"那些全都是胡说八道!"查特里斯太太粗声说,"但很难摆脱这些闲言闲语。现在他们说伯特就是因为那样才喝这么多；愈来愈多胡言乱语。早在加布里埃尔出现之前，他就已经喝太多了，而且会打老婆。"

"不过，"她又说，"还是得做点什么。得找人跟加布里埃尔少校说说。"

"我想，卡斯雷克已经跟他提过了。"我说。

"那个人说话一点技巧也没有，"查特里斯太太说，"我猜加布里埃尔一定勃然大怒吧？"

"对，"我说，"他确实如此。"

"加布里埃尔是个大笨蛋，"查特里斯太太说，"心软……这就是他的问题。嗯，那得找人跟'她'说说，暗示她在选举前和他保持距离。我想她根本不知道人家说什么。"她转向崔西莉安夫人："艾涅丝，你最好去跟她说说。"

崔西莉安夫人脸色发紫，以极为颤抖的声音说："喔！真的，莫德，我不知道该怎么说。我确定我是非常不合适的人选。"

"嗯，我们绝不能冒险让卡斯雷克太太去做这件事，那女的根本是毒药。"

"完全同意。"我说，十分认同。

"而且我怀疑她自己根本就在背后散布谣言。"

"喔，肯定不会的，莫德，她不会做出对我们自己候选人的选情有害的事情。"

"艾涅丝，我在军团里看过的事，"查特里斯太太阴郁地说，"会让你很惊讶。一旦一个女人想恶意中伤别人，其他的事似乎都不重要了，包括丈夫升迁的机会、'所有的一切'。如果你问我，"她继续说，"我会说她自己想和约翰·加布里埃尔调调情。"

"莫德！"

"你问问诺里斯上尉怎么想好了。他也在场，而且人家说旁观者清啊。"

两个女人满怀期待地看着我。

"我当然不认为……"我开口说，然后改变心意，"我想你说的完全正确。"我对查特里斯太太说。

我突然理解卡斯雷克太太那些说了一半的话，以及她眼神背后的意义。我想，虽然表面看来机会不大，但很有可能的是，卡斯雷克太太不但没有试着扑灭满天飞的谣言，还可能暗中煽动这些闲言闲语。

这真是个……我心想，令人不快的世界。

"如果要应付米利·伯特，我想诺里斯上尉是最合适的了。"查特里斯太太出人意料地说。

"不要！"我大叫。

"她喜欢你，而且残障者总有优势。"

"喔，我完全同意。"崔西莉安夫人说。听到这个可以让她卸下不愉快任务的建议，她感到非常高兴。

"不要！"我说。

"她现在在谷仓布置场地。"查特里斯太太神采奕奕地站了起来。"我会叫她过来，告诉她说这里有杯茶在等她。"

"我不会做那种事情。"我大叫。

"喔,你会的。"查特里斯太太说。她这个上校夫人毕竟没白当。"我们都得做点什么,避免让那些恐怖的社会主义分子选上。"

"这是为了帮助丘吉尔先生,"崔西莉安夫人说,"毕竟他为这个国家做了这么多事。"

"他现在已经帮我们打赢了大战,"我说,"应该让他歇口气来写他的大战史了(他是我们这个时代最好的作家之一),然后在工党捣乱我们和平的同时好好休息。"

查特里斯太太神采奕奕地穿过落地窗出去了。我继续对崔西莉安夫人说:"丘吉尔先生该休息了。"

"想一想工党会把事情弄得多么乱七八糟!"崔西莉安夫人说。

"想一想不管谁都会把事情弄得乱七八糟,"我说,"在战后,没有人不会把事情弄得乱七八糟。说真的,你不觉得不是我们的人搞得乱七八糟会比较好吗?反正……"就在我听到脚步声和外面的声响时,我又心急如焚地说:"很明显你们才是最适合去暗示米利的人。这种事情最好由女人去跟她说。"

但崔西莉安夫人摇摇头。

"不对,"她说,"不会比较适合,真的不会。莫德说得没错,你才是适当人选。我确信她会了解的。"

我想,最后一个代名词"她"指的是米利。我自己则是严重怀疑她是否会了解。

查特里斯太太把米利带到起居室,像海军驱逐舰护卫商船那般。

"这里有茶,"她轻松地说,"你倒一杯,然后坐下来陪陪诺里斯上尉吧。艾涅丝,你来一下,你把奖品拿去哪里了?"

两个女人快速离开起居室。米利倒了茶,在我身边坐下。她看起来有点疑惑。

"没发生什么事吧?"她问。

如果她没用这句话开场,或许我会逃避这项强加在我身上的任务。但事实上,这句开场白让我比较好开口传达她们要我说的事。

"米利,你是个很好的人,"我说,"你有没有发现,很多人并不是什么好人?"

"诺里斯上尉,你这话是什么意思?"

"听着,"我说,"你知道关于你和加布里埃尔少校有很多不好的闲言闲语吗?"

"关于我和加布里埃尔少校?"她盯着我看,整张脸慢慢涨红,都红到发线了。这让我有点尴尬,于是我转移视线。"你是说不只古姆……外面的人也这么说?他们真的认为……"

"在选举的时候,"我说,很讨厌这样的自己,"候选人要特别小心谨慎。他必须像圣保罗说的,连表面看来邪恶的事都要避免……你明白吗？就像和他在橘子猫喝咖啡这种小事，或是他在街上与你碰面，然后帮你拿袋子，这样就足以让人家说闲话了。"

她睁大那双棕色眼睛害怕地望着我。

"但你相信我和他从来就没什么，他从没说过什么话，对吧？他只是非常、非常亲切，你是这样想的吧？就是这样而已！真的，只是这样而已。"

"当然，我知道。可是一个候选人连当好人都不行。我们的……"我很不是滋味地加了一句，"政治理想就是这么纯粹。"

"我不会伤害他，"米利说，"绝对不会。"

"我确信你不会。"

她哀求地看着我。

"我该怎么做……才能弥补？"

"我会简单地建议你……嗯，到选战结束之前都不要接近他。可能的话，尽量不要在公共场合让人看到你们在一起。"

她很快地点点头。"好，这是当然的。诺里斯上尉，非常感谢你告诉我，我永远不会想到这些事。我……他对我这么好……"

她站起身，要不是加布里埃尔在这个时候进来，一切本来可以画下令人满意的句点。

"哈啰，"他说，"你们在做什么？我刚从一场集会过来，说话说到喉咙都哑了。有雪莉酒吗？我待会还要去拜访一些妈妈们，喝威士忌会让嘴里有味道。"

"我得走了，"米利说，"再见，诺里斯上尉。再见，加布里埃尔少校。"

加布里埃尔说："等等，我送你回家。"

"不，不用。我……我得赶快离开了。"

他说："好吧，那我就牺牲那杯雪莉酒吧。"

"拜托不要！"她满脸通红，非常困窘，"我不要你来。我……我想自己回去。"

她几乎是用跑的离开房间。加布里埃尔转过身来对着我。

"谁跟她讲了什么？你吗？"

"我有和她谈过。"我说。

"你插手管我的事是什么意思？"

"我一点也不在乎你的事。这是保守党的事。"

"你又在乎保守党的事了？"

"仔细想想的话，我并不在乎。"我承认。

"那你干嘛管别人的闲事？"

"如果你想知道的话，是因为我喜欢伯特太太，如果她之后觉得你输了这场选举和你们的友谊有任何关联，她会非常不开心。"

"我不会因为和她的友谊而输掉选战。"

"加布里埃尔，你很可能会输。你低估了那些腥膻想象的力量。"

他点点头。"谁叫你去跟她说的?"

"查特里斯太太和崔西莉安夫人。"

"那些老巫婆!还有圣卢夫人?"

"没有,"我说,"圣卢夫人和这件事无关。"

"如果我知道是她在发号施令的话,"加布里埃尔说,"我会带米利·伯特离开去度周末,他们全都滚一边去吧!"

"你那样会把事情毁得一干二净!"我说,"我还以为你想要打赢这场选战?"

他露出笑容,恢复好心情。"我会赢啦。"他说。

第十六章

那天晚上是整个夏天最美的夜晚之一。人们成群结队地到大谷仓去，那里有华丽的礼服、舞蹈，还有真正的惠斯特牌大赛。

特雷莎把我推去看看这幅景象，每个人看起来都精力充沛。加布里埃尔的状态很好，他能言善道，和群众打成一片、对答如流，看起来格外开心而自信。他似乎特别关照在场的女士们，对她们表现出相当夸张的态度。我觉得他这么做很聪明。他高昂的情绪感染了现场，所有事情都进行得非常顺利。

圣卢夫人清瘦见骨、气势不凡，活动由她开场。她的出席被视为一种荣幸。我发现人们对她又爱又怕。她是个偶尔会毫不迟疑地发表自己想法的女人，但另一方面，她亲切的举止虽然不引人注目，却非常真实，而且她对圣卢镇及其变化非常感兴趣。

"圣卢城堡"非常受到敬重。大战初期，分派寄宿的军官正在烦恼没地方安置疏散的民众时，就收到一则来自圣卢夫人的讯息，态度毫不妥协：为什么她没被分配到疏散的民众？

彭杰利先生吞吞吐吐地解释，说他不愿意麻烦她，因为有些孩子很没规矩。而她回答："我们当然该尽自己的责任。这里绝对容得下五个学龄的孩子，或是两位妈妈和她们的家人，看你选择哪一种。"

两位妈妈和她们的家人这个选项一直不大成功。城堡充满回音的长石廊吓坏了这两个伦敦女人，她们怕得发抖，喃喃说着有关鬼的事。海上的强风吹来时，暖气不足的城堡让她们冷到缩成一团、牙齿打战。住过愉快温馨又人来人往的伦敦之后，这里对她们来说是噩梦一场。她们很快就离开了，换了几个学龄孩子过来，对他们来说，城堡是世界上最刺激的地方之一，他们在断垣残壁之间爬上爬下，不厌其烦地寻找传说中的地下通道，而且非常喜欢城堡里回音不断的长廊。他们乖乖地让崔西莉安夫人像妈妈一样照顾他们，对圣卢夫人既着迷又敬畏，查特里斯太太则教他们不要害怕小狗和马儿。而他们和康沃尔来的老厨师相处得很好，他会做番红花面包给他们吃。

后来圣卢夫人向分派寄宿的军官抗议了两次。有些孩子被分配到偏僻的农场；根据她的说法，那些农场主人既不友善也不值得信任，她坚持要他去调查一下，结果发现，其中一个农场主人根本没有提供充足的食物给孩子；另一个虽然有给予足够的食物，却疏于照顾，害得那些孩子都脏兮兮的。

这一切都让这位老夫人更加受到敬重。人们说，城堡里不容许事情出错。

圣卢夫人没有留下来让惠斯特大赛增光太久，她和她妹妹、妯娌一起离开。伊莎贝拉留下来帮忙特雷莎、卡斯雷克太太和其他人。

我自己待在那里看了二十分钟左右，然后罗伯特把我推回浦诺斯楼。我请他让我留在露台上。那是个温暖的夜晚，月光美极了。

"我在外面这里就好。"我说。

"好。你要不要一条毯子或什么之类的？"

"不用，还蛮暖和的。"

罗伯特点点头。他转过身大步向谷仓走去，他还有点事情要做。

我平静地躺在那里抽烟。城堡的影子投在月光照亮的海面上，看起来更像布景道具了。阵阵音乐与说话声从谷仓的方向传来。我身后的浦诺斯楼一片漆黑，只有一扇窗是开着的。微弱的月光看起来就好像一条从城堡通向浦诺斯楼的步道。

沿着这条步道,我自娱地想象一个穿着发亮盔甲骑在马上的身影,年轻的圣卢男爵回家了……可惜,比起锁子甲,战斗服少了一些浪漫色彩。

不同于从远方谷仓传来的喧闹人声,近处是许多夏夜的声音,有细小的吱吱声和沙沙声——小动物爬来爬去、树叶在摇摆,还有远处微微传来的猫头鹰叫声……

一种模糊的满足感在我身上渐渐扩散开来。特雷莎说的果然没错……我又活起来了。珍妮弗和过去的种种就像一个不真实的大梦,与我隔着一片痛苦、黑暗又死气沉沉的泥淖,直到现在,我才从烂泥中爬出来。我不可能重拾往日的人生,一切都已经切割得干干净净。如今我展开的是一个新的人生。这个新的人生会变成什么模样呢?我要怎么形塑这个人生?新的休·诺里斯是谁,又是怎么样的人?我感觉到自己的兴趣被唤起了。我知道什么?可以盼望什么?我要做什么?

我看到一个高大、穿着白衣的身影从大谷仓出来,那个身影犹豫了一下之后朝我的方向走来。我马上知道那是伊莎贝拉。她走了过来,坐在石椅上,和谐的夜晚就此圆满。

我们有好长一段时间不发一语。我很快乐,不希望说话破坏了这种感觉,甚至不想思考。直到海上突然吹来一阵微风,吹乱了伊莎贝拉的头发,她举起手来拨弄发丝,这才解除了咒语。我转过头去看她,她正凝视着那条通向城堡的月光步道,就和我之前一样。

"鲁珀特应该今晚会来。"我说。

"对。"她的声音有点哽住了。"应该是。"

"我一直在想象他到来的样子,"我说,"穿着锁子甲,骑在马上。不过说真的,我想他应该会穿着战斗服、戴着贝雷帽。"

"他一定要赶快来,"伊莎贝拉说,"噢,他一定要赶快来……"

她声音里透着急迫,几乎是苦恼。

我不知道她在想什么,但我有点为她担心。

"别太在意他要来的事,"我警告她,"事情总是会变。"

"有时候确实如此,我想。"

"你期待某件事情,"我说,"而它并不存在……"

伊莎贝拉说:"鲁珀特一定要赶快回来。"

她的声音非常苦恼,真的很急迫。

要不是这时加布里埃尔从大谷仓出来加入我们,我就会问她是什么意思。

"诺里斯太太请我来看看你有没有想要什么,"他对我说,"譬如来一杯?"

"不用了,谢谢。"

"你确定?"

"很确定。"

他不怎么理会伊莎贝拉。

"你自己去倒一杯吧。"我说。

"不用,谢了。我不想喝,"他停了一下然后说,"美好的夜晚。在这样一个夜晚,年轻的洛伦佐① 就如此如此,这般那样。"

我们三个人都沉默不语。大谷仓传来隐约的乐音。加布里埃尔转向伊莎贝拉。

"查特里斯小姐,你想不想跳支舞?"

伊莎贝拉起身,用她客气的声音喃喃地说:"谢谢,我很想。"

他们有些不自然地一起离开,彼此没有说话。

我开始想珍妮弗的事。不知道她现在在哪里,又在做什么。她快不快乐?有没有找到如人家说的"另一个人"?我希望她有。我真的很希望她找到了。

想想珍妮弗的事并没有什么痛苦,因为我认识的那个珍妮弗从来没有真的存在过,她是我捏造出来取悦自己的,我从来不为真正的珍妮弗伤脑筋。在她和我之间,还有一个关心珍妮弗的休·诺里斯这号人物。

我依稀记得小时候,小心翼翼地踩着摇摇晃晃的脚步走下一大段阶梯的景象。我听得见自己声音的微弱回声,自命不凡地说"休要下楼了……"这之后,那孩子学会说"我",

---

① 洛伦佐(Lorenzo),莎士比亚《威尼斯商人》(The Merchant of Venice)中的角色,他和商人夏洛克(Shylock)的女儿杰茜卡(Jessica)私奔。

然而在他内心深处，仍有个地方是这个"我"到不了的。在那里，他仍然不是"我"，而是个旁观者，他看见自己在一幅幅画面之中。我看到休安慰珍妮弗、休是珍妮弗的全世界、休要让珍妮弗快乐起来，以及补偿曾发生在她身上的一切。

对，我突然想到，就和米利一样。米利决定嫁给伯特，看着自己让他快乐起来，治愈他酗酒的问题，根本不曾用心去认识真正的伯特。

我试着把这个过程套用在加布里埃尔身上。他为这个女人难过，逗她开心、对她亲切，并一路帮助她。

我再转换到特雷莎。特雷莎嫁给罗伯特，特雷莎……

不行，行不通。我心想，特雷莎是成人了……她已经学会说"我"。

两个身影从谷仓里出来，他们没有朝我这里走来，反而转向另一头，下了阶梯，往下面的露台和水池花园走去……

我继续内心的探索。崔西莉安夫人看着自己说服我恢复健康、对人生不再索然无味；查特里斯太太将自己看做一个总是知道如何正确处理事情的人，在她眼里，她仍是军团上校身边办事利落的夫人。嗯，又有什么不可以？人生很苦，我们必须有我们的梦。

珍妮弗也有梦吗？真正的珍妮弗是什么样子？我曾想了解吗？我不也总是看到我想看的，那个忠诚、不快乐又那么棒的珍妮弗？

她真正的样子是什么？没有很棒，没有很忠诚（这么一想还真是如此），绝对是很不快乐……她打定主意要不快乐。我躺在那里的时候——这样一个残缺不堪的废物——看着她懊悔与自责。一切都是她的错，她的过失。这一切除了表示珍妮弗把自己当作一个悲剧角色之外，还有什么意义？

所有发生的一切，一定都是起因于她，这就是珍妮弗，一个不快乐的悲剧角色，因为她，所有的事都出差错，而她也把其他所有人发生的问题都责怪到自己身上。米利可能也会做同样的事。米利……我的想法突然从人格理论转换到实际的日常问题；她今晚没有来。或许她这么做很有智慧。她的缺席不会也引起闲言闲语吧？

我突然打了个哆嗦、吓了一跳；我刚才肯定差点就睡着了，天气变冷许多……

我听到脚步声从下面的露台传来。是加布里埃尔，他向我走来，我发现他步伐有点不稳，不知道是否喝多了。

他走过来，我被他的样子吓了一跳。他的声音很沙哑，说话含糊不清，外表看起来就像一个喝醉了的男人，但并不是酒精让他变成那个样子的。

他大笑，就像喝醉酒的笑。

"那个女生！"他说，"那个女生！我跟你说，那女生就和其他女的没有两样嘛。也许她看似不食人间烟火，其实也不过就是个平凡的人。"

"加布里埃尔，你在说什么？"我厉声问道，"你喝酒了吗?"

他又大笑一声。"问得好!没有,我没有喝酒,我还有比喝酒更好的事情可做。好一个骄傲自大的女人!高高在上的淑女是不能和平民老百姓有任何瓜葛的!我要让她看看自己真正的归属。我要拉下她的傲气,让她看到自己是什么样的人,也就是一个普通人啊。我很久以前就告诉你,她不是什么圣洁的女人,光看那个嘴唇就知道不可能……她是个人,和我们一样。你要跟哪个女的做爱就去做吧,她们全都一样……全都一样!"

"喂,加布里埃尔,"我愤怒地说,"你刚刚去做什么了?"

他发出一连串笑声。

"我玩得很痛快,老兄,"他说,"那就是我一直在做的事,尽情享受……真是十分快乐。"

"如果你用任何方式侮辱了那个女孩……"

"女孩?她是个成熟的女人。她知道自己在做什么,或者说她应该要知道。她已经是个女人了,相信我。"

他又笑了。这个笑声的回音困扰了我好几年。那是种粗俗而重物质层面的咯咯笑声,令人厌恶极了。我从那时候开始厌恶他,之后这种厌恶也一直持续下去。

我强烈意识到自己无助、动弹不得的状态,他轻蔑的一瞥让我更加意识到这个事实。我想不出有任何人可以比那一晚的加布里埃尔更令人作呕。

他又笑了,然后摇摇晃晃地走向谷仓。

我看着他,心里充满怒气。然后,就在瘫痪之苦依然在我脑海里盘绕之际,我听到有人踩着阶梯走上露台。这次是比较轻盈、比较沉静的脚步声。

伊莎贝拉踏上露台,走过来我这边,然后在我身旁的石椅上坐下来。

她的动作一如往常般自信而平静。她沉默地坐在那里,就和稍早之前一样。然而我意识到,而且是非常清楚地意识到一种差异,即使外表看不出来,她却好像在寻求一种安心感。她心里有某个东西被惊醒了。我很确定,她感到十分苦恼,但我不知道、甚至没法猜测是什么事情正掠过她的脑海,也许她自己也不知道吧。

我支支吾吾地说:"亲爱的伊莎贝拉……你没事吧?"

我不大清楚自己指的是什么。

她马上回说:"我不知道……"

几分钟之后,她把手悄悄放在我的手里;那是个充满信任的美好动作,一个我从未遗忘的动作。我们什么话也没说,坐在那里将近一个小时。然后人们开始从大谷仓里出来,许多女人边走边聊,在路上互相恭喜所有事情顺利进行,然后其中一个女人载了伊莎贝拉回家去。

一切都像梦一般不真实。

第十七章

我以为加布里埃尔隔天会避开我,但他的行为总是令人无法解释。他不到十一点就进来我的房间。

"我希望能和你单独谈一下,"他说,"我猜昨晚我把自己的脸都丢光了。"

"可以这么说。我应该会说得更重一点。加布里埃尔,你根本就是一头猪。"

"她说了什么?"

"她什么也没说。"

"她很苦恼吗?很生气吗?可恶,她一定说了什么吧。她和你在一起将近一小时。"

"她什么也没说,完全没有。"我重复说。

"我向神祈求,要是我从来没……"他停下来,"听好,你不会以为是我引诱她吧?没那回事。老天爷,没有。我只是……嗯……和她亲热了一下,如此而已。月光、漂亮的女孩……嗯,我是说这种事在任何人身上都有可能发生。"

我没有回答。加布里埃尔对我的沉默做出回应,好像我说了什么一样。

"没错,"他说,"我并不特别自豪。但她让我疯狂,从我认识她以来就一直如此,她看起来一副神圣不可侵犯的样子,这也是我昨天晚上会和她做爱的原因。对,而且还不是很美好的那种……其实挺野蛮的。不过诺里斯,她回应了……她也不过是个人嘛,就和周六夜晚随便任何一个小妞一样。我敢说她现在恨死我了,我整晚都没合过眼……"

他激动地走来走去。然后又问了一次:"你确定她什么都没说?什么都没有?"

"我说过两次了。"我冷冷地说。

他抱着头。这或许是个蛮好笑的动作,但其实是很悲惨的。

"我完全不知道她在想什么,"他说,"我对她一点也不了解。她在一个我碰不到的地方,就像比萨墙上该死的画像,她们备受恩宠、坐在天堂的树下、面带微笑。我不得不把她拖下来……不得不!我再也受不了了。我告诉你,我就是受不了。我想挫挫她的锐气,将她拖回尘世,看她羞耻的样子。我要她和我一起下地狱……"

"拜托，加布里埃尔，闭嘴！"我生气地说，"你还要不要脸啊？"

"我就是不要脸。如果你经历过我经历过的事，你也会这样。这几个星期以来，我真希望我从来没见过她，希望我可以把她忘了，希望我根本不知道她的存在。"

"我完全不知道……"

他打断我的话。"你什么也不会知道。你从没关心过眼前其他人的事！你是我见过最自私的人，完全沉浸在自己的感受里。你看不出来我被打败了吗？再有这种事的话，我才不在乎有没有被选进国会。"

"对国家来说，"我说，"也许是件好事。"

"事实是，"加布里埃尔幽幽地说，"我把所有事情都搞砸了。"

我没有搭腔。我已经受够了加布里埃尔的洋洋得意；看到他这么沮丧，让我有种满足感。

我的沉默让他很生气。我倒是很高兴，我是故意要气他的。

"诺里斯，我在想，你知不知道自己看起来多么自命清高与洋洋得意？你认为我该怎么做？向她道歉、说我一时失控这类话吗？"

"这与我无关。你对女人的经验这么丰富，应该知道怎么做。"

"我从来没和这种女生有过任何关系。你觉得她很震惊……或感到厌恶吗？她是不是觉得我根本就是只猪？"

我再次从告诉他的简单事实中得到乐趣；也就是我并不知道伊莎贝拉有什么想法或感觉。

"但我想，"我说，一边望向窗外，"她现在要过来了。"

加布里埃尔满脸涨红，眼神像是被追杀了一般。

他在火炉前就定位，姿势很难看，两腿张开，下巴向前挺，神情怯怯懦懦、很不自在。看他这样平凡、卑微又鬼鬼祟祟的样子，让我有点开心。

"要是她觉得我看起来不修边幅、肮脏不堪……"他说，可是没把话说完。

不过，伊莎贝拉并没有这样看待他。她先向我道了早安，然后再跟他打招呼。她对我们两人的态度并没有差别，就像平常一样，庄重而且客气有礼，看起来依旧安详而冷静。她有事要告诉特雷莎，得知特雷莎与卡斯雷克夫妇在隔壁之后，她就过去找她了，离开房间时，她对我们两人露出亲切有礼的微笑。

她一关上门，加布里埃尔就开始咒骂。他尖酸刻薄地咒骂个不停，我试图阻止他滔滔不绝的毒舌，却徒劳无功。他对我大吼："诺里斯，不要插嘴。这和你没关系。我告诉你，我就算要死，也会跟那个骄傲又自大的臭女人讨回这一笔。"

话一说完，他就冲出房间，用力甩上门，力道大到浦诺斯楼因此摇晃了一下。

我不希望在伊莎贝拉从卡斯雷克那儿回来时错过她，于是我按了铃,请人把我推到露台。

没过多久,伊莎贝拉就从远处的落地窗出来,沿着露台向我走来。一如往常,她很自然地直接走向石椅然后坐下。她什么话也没说,修长的双手和平常一样放松地摆在腿上。

通常这样我就很满足了,不过今天我脑袋里好奇的那部分很活跃,想知道那颗姿态高贵的脑袋里到底在想什么。我已经了解加布里埃尔的情况了。我完全不知道前一晚发生的事,在伊莎贝拉心里留下了(如果有留下的话)什么样的印象。和伊莎贝拉相处最困难的就是,你必须用最白话的方式表达,任何约定俗成的委婉说法只会得到她茫然疑惑的眼神作为回应。

然而习惯毕竟如此,我的第一句话就非常模糊暧昧。

"还好吗,伊莎贝拉?"我问。

她看着我,眼神好奇而平静。

"加布里埃尔,"我说,"早上很激动,我猜他是想为昨晚发生的事情向你道歉。"

她说:"他为什么要道歉?"

"这个嘛……"我犹豫不决地说,"他觉得他的行为很差劲。"

她若有所思,然后说:"喔,我知道了。"

她的举手投足之间没有透露出任何不自在。我的好奇心促使我继续追问,尽管这一切根本不关我的事。"你不认为他的行为很差劲吗?"

她说:"我不知道……我就是不知道……"接着又略带歉意地说:"你知道,我根本还没有时间想这件事。"

"你感到震惊、害怕,还是心烦吗?"

我很好奇,真的很好奇。

她似乎在脑海中反复思考我说的话,然后依然像在看待一件遥远的事情般带着一种淡泊的态度说:"我想没有。我应该要有那些感觉吗?"

当然,就这样她扭转了局势,把球丢给我。因为我不知道答案。一个正常的女孩子第一次遇上……那不是爱,肯定也不是温柔,而是在一个粗俗男人身上很容易就被挑起的欲望,她该要有什么感觉吗?

我一直觉得(或是我一直希望),伊莎贝拉有种特别纯洁无瑕的气质,但事情真是如此吗?我记得加布里埃尔提过她的嘴唇两次,现在我看着她的嘴,下唇很饱满,几乎像哈布斯堡王朝①那种突出的下唇,没有上妆,自然的鲜红色……对,确实是很有美感,很热情的双唇。

加布里埃尔唤起了她身体的反应,但究竟是什么样的反应呢?仅仅是肉体方面?还是本能的反应?这是经过她的判断而认同的反应吗?

接着伊莎贝拉问了我一个问题,她很单纯地问我是否喜

---

① 哈布斯堡王朝(Hapsburg),欧洲历史上最显赫的王室之一。由于近亲通婚,许多哈布斯堡的家族成员下颌突出,形成特有的"哈布斯堡唇"。

欢加布里埃尔。

有些时候我会觉得这个问题很难回答，但今天不会；今天我很确定我对加布里埃尔的感觉。

我毫不妥协地说："不喜欢。"

她深思地说："卡斯雷克太太也不喜欢他。"

我很不喜欢被拿来和卡斯雷克太太相提并论。

换我问她问题。"你喜欢他吗，伊莎贝拉？"

她沉默了很久，接着努力地冒出几个字，我发觉它们是从充满疑惑的泥淖中浮现的。

"我不认识他……对他完全不了解。不能和任何人说的感觉糟透了。"

我很难了解她是什么意思，因为互相了解的感觉一向是我被女人吸引的诱因；相信（有时是错误地相信）我们之间有种特别的理解与认同，并发现我们两人共同喜欢与不喜欢的事，还有讨论戏剧、书籍、道德观点、彼此的喜好厌恶。

这种同伴情谊的温暖感觉，总会开启一段不只是同伴的关系，而是伪装后的性爱关系。

根据特雷莎的说法，加布里埃尔是个对女人很有吸引力的男人。或许伊莎贝拉觉得他很有吸引力，倘若如此，他的男性魅力对她而言是赤裸裸的事实，它并未透过不真实的理解来掩饰。对她来说，他是个陌生人，一个完全不认识的人。不过她真的认为他很有吸引力吗？有可能是因为他和她做爱，所以她才觉得他很有吸引力，而不是因为这个男人本身?

我发现这些都只是揣测,而伊莎贝拉并不揣测。不管她对加布里埃尔的感觉为何,她不会去分析那些感觉;她会接受……只将这些感觉当作人生织锦的一部分,然后继续前进。

我突然明白,就因为这样才让加布里埃尔发疯似的勃然大怒。有那么一刹那,我有点同情他。

接着伊莎贝拉开口了。

她认真地问我,为什么红玫瑰在水中总是活不下去。

我们讨论着这个问题。我问她最喜欢什么花。

她说有红玫瑰、深褐色的桂竹香,还有看起来很茂密的淡紫色花丛。

对我来说,这些选择似乎很奇怪。我问她特别喜欢这些花的理由,她说她不知道。

"你的脑袋很懒惰唷,伊莎贝拉,"我说,"只要你不怕麻烦,想一想,你当然知道。"

"真的吗?好吧,那我来想一想。"

她直挺挺地坐在那里,很认真地想着……

(这就是每当我想起伊莎贝拉时脑海中浮现的模样,而这个画面会永远存在。在阳光下,她直挺挺坐在石椅上,抬着头,流露出一种傲气,修长的双手平静地叠放在腿上,脸上的表情很认真,专注地想着花。)

最后她说:"我想是因为它们的样子摸起来似乎会很舒

服——色泽鲜艳，像天鹅绒……还有因为它们闻起来很香。玫瑰花长在土里不好看，最好是单独一朵地插在玻璃瓶里，这样看起来就很美，不过这样维持不了多久就会凋谢。不管是用阿司匹林或把茎烧掉之类的方法，都没有帮助；这对红玫瑰没用，但对其他花卉就没问题。没有什么东西可以让深红色的玫瑰花持久绽放，我真希望它们不要凋谢。"

这是伊莎贝拉对我说过最长的一段话，她对谈论玫瑰的兴趣，胜过谈论加布里埃尔。

就像我说的，那是一个我会永远记得的片刻。你知道，那是我们友谊的最高点……

我的躺椅摆放的位置面向横过田野、通往圣卢的步道。有个身影沿着步道渐渐靠近，是一个穿着战斗服、戴着贝雷帽的身影。我内心的痛楚吓了我一跳，我知道圣卢男爵回家了。

第十八章

人有时候会有种幻觉,好像某些一连串的事件已经发生过无数次,到了令人厌烦的地步,看着年轻的圣卢男爵走向我们的时候就是这种感觉。我似乎一直躺在那里,无能为力、动弹不得地看着鲁珀特·圣卢穿越田野……以前时常发生,之后也会再度发生……它会一直持续出现直到永远。

"伊莎贝拉,"我心里说着,"再会了。"命运朝着你来了。

童话故事的氛围又出现了;是幻觉,不是真实。我将出现在一个熟悉故事的熟悉结局里。

我看着伊莎贝拉叹了口气。她没有发觉命运正在靠近,她低头看着自己修长、白皙的双手,仍然想着玫瑰,或可能是深褐色的桂竹香……

"伊莎贝拉,"我温柔地说,"有人来了……"

她不慌不忙、略感兴趣地抬起头。她转过头,身体变得僵硬,然后微微颤抖。

"鲁珀特,"她说,"鲁珀特……"

当然,那个人影有可能根本不是鲁珀特,隔着这段距离,没有人看得出来。不过真的是鲁珀特。

他略为迟疑地穿过大门,走上阶梯到了露台,一副有点不好意思的样子,因为浦诺斯楼属于他还未曾谋面的陌生人所有。但城堡的人告诉他,在这里可以找到他堂妹。

伊莎贝拉在他踏上露台时站了起来,朝他走近两步。他也加快脚步走向她。

两人相会时,她轻柔地说:"鲁珀特……"

他说:"伊莎贝拉!"

他们一起站在那里,握住彼此的手。他微微低下头呵护着她。

很完美……非常完美。如果这是电影场景,就不需要重拍了;如果是在舞台上,肯定会让所有过了中年、喜欢看戏的浪漫女性哽咽。这幅景象有如田园诗般不真实;它像童话故事的快乐结局,是正宗的爱情罗曼史。

这是彼此想念多年的男孩和女孩的相会。他们各自建构了对方的形象,掺杂了部分幻想,然后终于见面时,发现那些幻想竟然奇迹似的与现实相符……

这是人家说的那种不会发生在真实人生的事,然而它发生了,就在我的眼前。

真的,他们见面之初便大事已定。鲁珀特的记忆深处一直坚定不移地要回到圣卢,并和伊莎贝拉结婚。伊莎贝拉也总是冷静地深信鲁珀特会回来娶她,然后他们会一起住在圣卢……从此过着幸福快乐的日子。

现在,对他们两人来说,他们的信心获得证实,他们的愿景得到实现。

这个属于他们的片刻没有持续很久。伊莎贝拉转向我,脸上散发着喜悦的光彩。

"这是诺里斯上尉,"她说,"这位是我的堂哥鲁珀特。"

鲁珀特走过来和我握手,我好好地打量了他一番。

我依然觉得,我没有看过比他更英俊的人了;我不是指他是"希腊天神"那型的美男子,他的英俊是一种健壮阳刚的美。一张瘦削、历经风霜的咖啡色脸庞,上唇蓄着浓密的八字胡,深蓝色的眼睛,头部与宽阔的肩膀十分相称,侧面看来身材结实,还有一双匀称的腿。他的声音很吸引人,低沉而舒服,说话没有殖民地的口音。他的脸上流露出幽默、聪明、不屈不挠的气质,而且给人沉着稳重的感觉。

他为自己的非正式到访致歉,因为他才刚搭机抵达,直接就从机场坐车长途跋涉过来。一到城堡,崔西莉安夫人就告诉他伊莎贝拉在浦诺斯楼,他到那边或许可以找到她。

话一说完,他看着伊莎贝拉,眼里闪烁着光芒。

"你比当学生的时候更美了，伊莎贝拉，"他说，"我记得你两条腿又细又长，两条辫子甩来甩去，看起来认真得不得了。"

"我那时候看起来一定糟透了。"伊莎贝拉认真地说。

鲁珀特说他希望见见我的兄嫂，他非常欣赏我哥哥的画作。

伊莎贝拉说特雷莎和卡斯雷克夫妇在一起，她这就去告诉她。鲁珀特也想见见卡斯雷克夫妇吗？

鲁珀特说他不想见卡斯雷克夫妇，反正他也不记得他们，虽然卡斯雷克夫妇在他还是学生的时候便已经住在这里了。

"鲁珀特，我想，"伊莎贝拉说，"你得见见他们。他们知道你回来会很兴奋的，所有人都会很兴奋。"

年轻的圣卢男爵看起来有点顾虑。他说他只有一个月的假期。

"然后你就得回去东方了吗？"伊莎贝拉问。

"对。"

"那么等到太平洋战争结束之后，你会回来这里住下来吗？"

她问他这个问题时表情很严肃，他的脸色也跟着沉重起来。

他说："那得由几件事情来决定……"

两人停了下来，仿佛正想着同样的事情，无须多加解释。他们之间已经存在完美的和谐与默契。

接着伊莎贝拉去找特雷莎，于是鲁珀特坐下来与我聊天。我们谈的是公共事务，而我喜欢这样。自从搬来浦诺斯楼之后，我被迫生活在女性的氛围里。圣卢是全国少数几个一直未受大战波及的地方，这里和大战的唯一联结只有道听途说、八卦和谣言。就算有像这样的士兵，也是回来休假，他们不会想把战争的心情带回这里。

与此同时，我被丢进一个只有政治的世界。而所谓的政治世界，至少在像圣卢这样的地方也是以女性为核心。那是一个计算成效、充满游说以及上千种小细节的世界，再加上大量穷极无聊的苦差事，而这却是女人存在的指标。那是个迷你世界，且外在世界的屠杀与暴力如同舞台上的背景幕般有它的作用。虽然大战尚未结束，地方上与私人的恩恩怨怨却占据了我们的时间。这样的事情发生在全英国各地，以各种高贵的陈腔滥调作为掩护。民主、自由、安定、大英帝国、国有化、忠诚、美丽新世界……就是这类口号、这类标语。

但我渐渐察觉，一直以来，真正的选举会受到民众的坚持所影响，而这些坚持比口号与标语重要得多，也急迫得多，这些才是他们投入选战真正的理由。

哪个阵营会给我房子住？哪个阵营可以让我的儿子约翰逊、我的丈夫大卫从海外回来？哪个阵营会让我孩子的未来有最好的机会？哪个阵营会避免战事再度发生，不再害得我丈夫、也许还有我的孩子丧生？

好话中听不中用。谁会帮我的店重新开张？谁会盖间房子给我住？谁会让我们所有人可以得到更多食物、更多衣服配给券、更多毛巾和肥皂？

丘吉尔不错。他替我们打了胜仗，没让德国人进到这里来。我会继续支持丘吉尔。

威尔布里厄姆是老师。教育是培育孩子未来的关键。工党会给我们更多房子。他们是这么说的。丘吉尔没办法让男孩们这么快回来。矿坑要国有化，这样我们大家就会有煤炭了。

我喜欢加布里埃尔少校。他是个真正的男人。他关心这些事情。他受过伤，在整个欧洲打过仗，他没有待在家乡享受安逸。他了解我们对于在外面打仗的男人们的牵挂。他就是我们要的那种人；不是该死的学校老师。学校老师！那些撤离过来的老师甚至不帮波维登太太清洗早餐的碗盘。高傲自大！他们就是如此。

毕竟政治不过是世界博览会上相连的摊位，各自叫卖着可以治愈百病的特效药……而容易受骗的民众就这么相信那些没有意义的空话。

这就是自从我活起来、又开始生活后所面临的世界，这是个我以前所不认识的世界，一个对我来说全新的世界。

起初我放纵自己鄙夷这一切，认为这不过是一场骗局。但现在我开始了解这一切所根据的基础；那是热切的现实，是为了生存无止尽的期待与挣扎。这是女人的世界，不是男人的。男人还是猎人，无拘无束、不修边幅、经常有不同的欲望，他们不断向前冲，把女人和孩子留在后头。在那个世界里不需要政治，只需要锐利的眼睛、灵巧的双手来追踪猎物。

但文明世界是奠基在土地上的——可以种植和生产的土地。那是一个竖起建筑物、并在其中装填进资产的世界，是一个母性的、丰饶的世界，在那里生存要复杂得多，而且有上百种可能成功或失败的不同方式。女人要看的不是星星，而是可以挡风的遮蔽物、炉上的锅具，以及吃饱的孩子沉睡的脸庞。

我想要、非常想要脱离那个女性的世界。罗伯特对我没有帮助，他是个画家，一个像母亲般与孕育新生命有关的艺术家。加布里埃尔够阳刚，他的出现往往引起许多人的好奇，但基本上我和他就是合不来。

和鲁珀特在一起，让我回到我原来的世界，那个关于阿拉曼和西西里、开罗和罗马的世界。我们用以前的语言、过去习惯的表达方式交谈，发掘共同认识的人。我又是个健全的男人了，又回到战时那个自由自在的世界，即生即死，开开心心——而且他跟我不来怜悯这一套。

我非常喜欢鲁珀特。我很确定他是一流的军官，而且他的个性非常迷人。他有头脑、幽默又敏锐。我认为他就是我们所需要的、能够建立新世界的人，一个受过传统洗礼、却又具备现代化观念且有前瞻性的人。

特雷莎很快过来加入我们，罗伯特也一起来了。特雷莎说明我们为了如火如荼的选战有多么忙碌，鲁珀特承认自己对政治不怎么热衷。然后卡斯雷克夫妇和加布里埃尔也过来了。卡斯雷克太太滔滔不绝地说话，卡斯雷克则一副亲切热心的样子，他表示很高兴看到圣卢男爵，并介绍了我们的候选人加布里埃尔少校。

鲁珀特和加布里埃尔愉快地互相问候，鲁珀特并祝福他好运，然后谈了一些有关选战以及目前的状况。他们一起背光站着，阳光勾勒出他们的轮廓。我注意到两人之间的对比，真是非常残酷的对比，不只因为鲁珀特英俊潇洒、加布里埃尔丑陋矮小，而是比这个更深入的对比。鲁珀特泰然自若且充满自信，亲切有礼的举止非常自然；同时也让人感觉到他正直得不得了。我这样说吧，一个中国商人会出于信任，让他不用付钱就可以先拿走任何数量的物品，而且中国商人的判断是对的。相较之下，加布里埃尔就显得很糟，他看起来很紧张、太过独断，两条腿站得开开的，而且不自在地动来动去。可怜的家伙！他看起来像个卑鄙的小人物；更糟的是，他看起来像是那种有好处才会说实话的人。他就像只来历不明的狗，一直以来都没有什么问题，直到在展示场上被摆在一只纯种狗的旁边。

罗伯特站在我的躺椅旁，我咕哝了一句，将他的注意力引到这两个男人身上。

他明白我的意思，于是默默看着他们两人。加布里埃尔的两只脚仍不自在地晃来晃去，他和鲁珀特说话时得抬头，我觉得他不会喜欢那样。

还有其他人在看着这两个男人，是伊莎贝拉。她的眼睛起初似乎是在看着他们两人，接下来毫无疑问地聚焦在鲁珀特身上。她的双唇微张，自豪地昂着头，脸颊微微泛红。她那副骄傲欢喜的模样，看了真是讨人喜欢。

罗伯特瞥了她一眼，注意到她的态度。然后他的眼神若有所思地回到鲁珀特的脸上。

当其他人都去喝饮料时，罗伯特留在露台。我问他对鲁珀特有何想法，他的答复很奇特。

"我觉得呢，"他说，"他受洗时，身旁一个坏仙女也没有。"

第十九章

唔,鲁珀特和伊莎贝拉没多久就把事情都安顿好了。我个人的看法是,他们在露台上、在我的躺椅旁边刚见到面的那个片刻,便已经决定好了。

两人各自偷偷珍藏了这么久的梦想,遇上考验时都没有令他们失望,我想,双方应该都如释重负了吧。

因为,鲁珀特之后告诉过我,他一直珍藏着那个梦。

他和我变得很亲近,他也很高兴能有些男人的社交活动。城堡里充斥着女性崇敬爱慕的气氛,三位老太太毫不掩饰对鲁珀特的宠爱,就连圣卢夫人那独特的严厉特质也柔和了一点。

所以,鲁珀特喜欢过来和我聊天。

"我以前觉得，"某天，他突然说，"我对伊莎贝拉的感觉蠢死了。很奇怪吧，随你怎么说，就这样下定决心要和某个人结婚，而且那个人还只是个小孩，一个瘦巴巴的小孩。结果后来发现自己并没有改变心意。"

我告诉他，我知道几个类似的个案。

他沉思地说："我猜，事实上是我和伊莎贝拉属于……我一直觉得她是我的一部分，一个我还未得到、但总有一天必须得到的部分，这样一切才会完整。真是好笑的行为。她是个奇怪的女孩。"

他默默地抽了一两分钟的烟，然后才又说："我想我最喜欢她的地方，就是她完全没有幽默感。"

"你认为她没有吗？"

"一点也没有，总是出奇的平静……我一直认为，幽默感是我们文明社会的人教自己的一种社交手腕，它是用来防止理想破灭的措施。我们刻意用滑稽的眼光来看待事情，只因为我们猜想它们无法让人满意。"

嗯，这么说有点道理……我想着这句话，脸上露出一丝苦笑……没错，鲁珀特这话说得很有道理。

他盯着外面的城堡，突然开口说："我爱那个地方，一直很爱它，不过，我很高兴在我来伊顿公学念书之前是在纽西兰长大，这给了我一种超然感。我可以从局外人的角度看待这个地方，同时不用多想就对这里有种认同。放假时从伊顿过来这里，知道这里真是我的，有一天我会住在这里，可以说我认定这就是我一直想要的……我有种感觉,是我第一次看到这地方时产生的一种奇特又神秘的感觉,像是回到家了。

"伊莎贝拉是这里的一部分。我那时候就确信我们会结婚,然后在这里度过我们的一生。"他表情严肃地抿起嘴。"我们会住在这里!不管赋税、花费、修缮以及土地国有化的威胁。那是我们的家,伊莎贝拉和我的家。"

鲁珀特回来的第五天,他们正式订婚了。

是崔西莉安夫人告诉我们这个消息的。她说明,后天会将这个消息刊登在《泰晤士报》,不过她想先让我们知道,而她为这一切感到非常、非常高兴。

她亲切的圆脸因充满喜悦之情而微微颤抖,特雷莎和我都被她的快乐感动,很明显这表示她自己的生命里缺少了一些东西。喜悦当前,她对我的态度不再那么婆婆妈妈,这让她的陪伴对我来说愉快多了。她第一次没有带小册子给我,也几乎没有一直要我开朗起来或鼓励我。显然,鲁珀特和伊莎贝拉占据了她所有的心思。

其他两位老太太的态度则有点不同。查特里斯太太整个人的精力与活力增加了一倍,她带着鲁珀特在城堡里走上走下,介绍房客给他认识,并教他屋顶修缮的事情,以及什么是一定要完成、而什么又是可以且最好放着不管的事。

"阿莫斯·波夫雷克森老是在抱怨,他墙上的砖缝两年前才都补过。埃伦·希思的烟囱一定要修补一下,她已经忍受很久了。希思一家在三百年前就一直是城堡的房客。"

不过,我对圣卢夫人的态度最感兴趣。我有好一阵子无法理解,然后有一天我明白了,那是胜利的姿态,一种很奇怪的胜利,像是战胜了看不见、也不存在的对手,并为此洋洋得意。

"现在没事了。"她对我说。

然后她叹了一口气,很长且疲惫的一口气,仿佛在说:"主啊,如今可让你的仆人平安归去①……"她给我的感觉像是个很害怕的人,但一直不敢把恐惧表现出来,而现在知道害怕的事情终于结束了。

嗯,我猜年轻的圣卢男爵要回来,并且娶他已经八年没见面的堂妹为妻,这件事变卦的机会蛮大的。最有可能的是,鲁珀特在战争期间与一个陌生女子结婚;战争期间,婚事的决定都很快。对,鲁珀特与伊莎贝拉结婚的可能性肯定很小。

然而,他们俩的结合却又名正言顺而且相配。

我问特雷莎是否同意这种看法,她深思地点点头。

"他们是一对金童玉女。"她说。

"天造地设。家族的老仆人在婚礼上都会这么说。但这次真的是如此。"

"真的是如此。不可思议……休,你不觉得有时候会有

---

① 出自《新约圣经·路加福音》第二章二十九节。

种梦里的感觉?"

我想了一会儿,因为我知道她说的是什么意思。

"和圣卢城堡有关的一切,都不真实。"我说。

我必然也会得知加布里埃尔的想法,他对我依旧很坦白。据我了解,加布里埃尔不喜欢圣卢男爵。那是很自然的,因为鲁珀特肯定抢走了加布里埃尔许多光彩。

整个圣卢因为城堡真正主人的到来而兴高采烈。原本的居民以他古老的头衔为傲,并回想起他的父亲;新居民兴奋的表现则比较势利一点。

"肤浅盲从的群众!"加布里埃尔说,"不可思议的是,不管他们怎么说,英国人一直很爱头衔这种东西。"

"别说康沃尔人是英国人,"我说,"你还没搞懂吗?"

"说漏嘴了。但我说的是事实,不是吗?他们要不就过来奉承,要不就是另一种极端,说这一切是个闹剧,然后变得很激动,而那不过是变相的势利眼。"

"那你有什么感觉?"我说。

加布里埃尔立刻露出笑容。有机会能和别人争辩,他最高兴了。

"我算是变相的势利眼啦,"他说,"我恨不得自己生下来就是鲁珀特·圣卢。"

"你让我很惊讶。"我说。

"有些东西就是与生俱来。我愿意拿一切换他那双腿。"加布里埃尔若有所思地说。

我想起崔西莉安夫人在加布里埃尔第一次出席大会时对我说的话，而看到加布里埃尔观察如此敏锐，让我很感兴趣。

我问加布里埃尔，他是否觉得鲁珀特抢了他的风头。

加布里埃尔很认真地思考了其中的优劣，完全没有表现出任何不悦。

他说他不觉得。他认为没有关系，因为鲁珀特不是他的政治对手，他的出现反而替保守党做了更多宣传。

"虽然我敢说如果他参选，我是说如果他可以参选的话（当然，因为他是贵族，所以不能参选），他很有可能会代表工党。"

"当然不会，"我表示反对，"他是地主呀。"

"当然，他不喜欢土地国有化的，但现在事情变得很复杂了，诺里斯。农场主人和努力打拼的劳动阶级是保守党的死忠支持者，有钱、有学历的知识分子却是工党的，我猜想主要是因为他们不知道用双手劳动是怎么一回事，而且完全不明白劳动阶级真正要的是什么。"

"那么，劳动阶级真正要的，到底是什么？"我问，因为我知道加布里埃尔对这个问题总有不同的答案。

"他希望国家繁荣，这样他才会富足。他认为保守党比较有可能让国家繁荣起来，因为他们对钱的事情比较清楚，而当然啦，这个判断非常正确。我应该说，圣卢男爵其实是个老派的自由党人。当然，对自由党的人来说，没有人派得上用场。诺里斯，你想说的话一点用都没有，你等着看选举结果吧，自由党会萎缩到得用放大镜才看得到。从来没有人真正喜欢自由党的理念，真的，我的意思是说，从来没有人喜欢中间路线，实在太单调了！"

"你认为鲁珀特·圣卢提倡中间路线？"

"对。他是个理性的人，尊重传统，欢迎革新。事实上，就是不伦不类。华而不实……对，他就是这样一个人！"

"你说什么？"我反问。

"你听见我说什么了。华而不实！华而不实的城堡！华而不实的城堡主人，"他嗤之以鼻地说，"华而不实的婚礼！"

"还有华而不实的新娘？"我问。

"不，她还好……只是不小心走错了地方，像汉塞尔和格蕾泰尔走到姜饼屋①里一样。姜饼屋很有吸引力，你可以拿下一块来吃。这是可以吃的。"

"你不大喜欢鲁珀特·圣卢，对吧？"

"我为什么要喜欢他？话说回来，他也不喜欢我。"

我想了一下，没错，我不觉得鲁珀特·圣卢喜欢约翰·加布里埃尔。

"不过他还是得接受我，"加布里埃尔说，"我会在这里，

---

① 《汉塞尔与格蕾泰尔》(Hansel and Gretel)，又名《糖果屋》，是格林兄弟（Brothers Grimm）创作的童话故事，描写在森林迷路又饥饿的汉塞尔与格蕾泰尔兄妹被引入糖果屋的情节。英文 gingerbread 同时有"姜饼"和"华而不实"之意，作者一语双关。

担任他这个世界的国会议员。他们偶尔得邀我去吃个晚餐,还得和我一起坐在讲台上。"

"你对自己很有信心啊,加布里埃尔。你还没选上呢。"

"我告诉你我稳上的。一定会上。你知道的,我不会有另一个机会了。我是一个示范用的实验品,如果实验失败,我就名誉扫地、玩完了。我也不能回去当兵。你知道,我不是管理型军人,我只有在真正打起仗来的时候才派得上用场。一等太平洋战争结束我就完了。奥赛罗的事业完了①。"

"我一直都认为,"我说,"奥赛罗的角色没什么说服力。"

"为什么没有?嫉妒从来就没什么说服力。"

"嗯,这样说吧,那是个不会得到认同的角色。没有人会替他感到难过,只觉得他是个该死的傻瓜。"

"是不会,"加布里埃尔深思地说,"没错,没有人会为他感到难过,不像为雅各②那样感到难过。"

"为雅各感到难过?说真的,加布里埃尔,你同情的对象很奇怪。"

他神情古怪地瞥了我一眼。

他站起来走动,急促地走来走去。他推开书桌上的东

---

① 原文为 Othello's occupation's gone,出自莎士比亚一六〇三年悲剧《奥赛罗》(Othello, the Moor of Venice)第三幕第三场。
② 雅各(Iago)是《奥赛罗》中的角色,因对奥赛罗未提拔他为副官而怀恨在心,计诱奥赛罗杀了自己的妻子。

西，眼睛却根本没在看。我好奇地看着他，发现他正为了某种深层而难以言喻的情绪所苦。

"我了解雅各，"他说，"我明白为什么这个可怜鬼到最后什么也没说，除了……

别要我回答，你知道的一切，你都知道了！
从此刻起，我一字不说。①"

他把矛头转向我。"诺里斯，像你这种人，一辈子都和自己处得很好的人，成长过程中没有片刻恐惧退缩的人（如果我可以这么说的话），对于像雅各这种注定失败、卑劣下流的人，你又知道什么了？老天，如果我要制作莎士比亚的戏，我会不遗余力地表现雅各，找个真正的演员，一个会让人感动到不能自已的演员！想象一下天生就是懦弱的人是什么感觉？招摇撞骗然后逃之夭夭，爱钱爱到每天起床、吃饭、睡觉、亲吻老婆，脑子里最先想到的都是钱，而且一直都很清楚自己是什么样的人……

"这就是人生最可恶的地方，就好像受洗时的众多坏仙女当中有一个好的。当其他所有的人把你变成一个讨厌鬼时，白日梦仙女却挥挥她的魔杖，悠悠地说：'我赐予他可以看清、明白真相的才能……'

---

① 出自雅各在《奥赛罗》中的最后一句话。

"'最崇高的必定让我们一见倾心。①'是哪个该死的傻瓜说的？大概是华兹华斯②吧，那个连见到美丽可爱的樱草花都不能满足的人……

　　"我告诉你，诺里斯，最崇高的必会让你一见就痛恨；痛恨是因为那不是你，就算你出卖灵魂也不会成为那样的人。真正重视勇气的，通常是遇到危险时会逃跑的人。我不只一次见过这种事情。你认为人真的就是自己想要成为的那种人吗？人一生下来是什么就是什么。你认为一个渴慕金钱的可怜虫是自己想要这样的吗？你认为一个充满欲望的人希望自己如此吗？你认为逃跑的人是自己想要逃跑吗？

　　"会让你嫉妒（真正嫉妒）的人，不是那些做得比你好的人；会让你嫉妒的人，是那些一生下来就比你好的人。

　　"如果你陷在泥淖里，就会痛恨那些在星空之中不食人间烟火的人。你想要把他给扯下来……扯下来……扯到你打滚的猪圈里……我说啊，雅各很可怜，他要是没遇到奥赛罗就什么事也没有了。他靠那些骗人的伎俩可以过得好好的。如果是在现代，他就是会在里兹酒吧贩卖不存在的金矿股份给那些笨蛋的人。

　　"雅各看起来那么可以信赖、那么老实，总有办法骗倒

---

① 出自丁尼生的长诗《亚瑟王之牧歌》(*Idylls of the King*)中的〈吉尼维尔〉(Guinevere)。
② 华兹华斯（William Wordsworth, 1770—1850），英国浪漫派代表诗人，其诗作以歌咏田园、自然为主，曾当选桂冠诗人。

单纯的军人。没有什么比欺骗军人更简单的了；愈是伟大的军人，在做生意方面就愈是个傻瓜。买假股票的总是军人，而且他们相信从沉没的西班牙大帆船中捞宝的计划，还会买下快要倒闭的养鸡场。军人是很信任别人的。奥赛罗就是那种傻瓜，他会掉入骗子所说的任何煞有其事的故事之中，而雅各是个骗子。只要注意字里行间的细节，就会清楚发现雅各盗用军队公款的事情。奥赛罗不相信……噢，不，不会是又笨又老实的雅各，那个老家伙只是脑袋糊涂了。但奥赛罗擅自把卡西奥扯了进来，也没问过雅各的意见。卡西奥盘算得一清二楚，我向你保证他那个人精明得很。雅各是个诚实的好人（奥赛罗这么认为），但没有聪明到可以升官。

"还记得雅各嚷嚷自己在战场上多有本事那些虚张声势的废话吗？全是胡说八道，诺里斯，根本从来就没发生过那些事，你在酒吧里随时可以从那些没去过前线的男人口中听到，好比法斯塔夫爵士① 那类的，只不过这次不是喜剧而是悲剧。可怜虫雅各想成为奥赛罗，他想变成一个勇敢的军人和正直的人，但他没办法，仿佛站不直的驼子。他想在女人方面无往不利，可是女人根本不理他。他那个好脾气的荡妇老婆瞧不起他，她等不及要跳上别的男人的床。我敢打赌，所有女人都想和奥赛罗上床！我告诉你，诺里斯，我看过男

---

① 法斯塔夫爵士（Sir John Falstaff），莎士比亚剧本《亨利四世》、《亨利五世》和《温莎的风流妇人》中的角色，是一个机智却爱吹嘘且嗜酒成性的胖骑士。

人在性方面受到羞辱后发生的怪事,那害他们变得病态。莎士比亚知道这种事。雅各一开口就少不了困顿的、充满色欲的黑色毒液,似乎从来没人看到的是,那个男人受了很多苦啊!他看得见美,知道美是什么,知道什么是高贵的本性。天啊,诺里斯,比起精神上的嫉妒,物质上的嫉妒——嫉妒成就和财富——根本不算什么!那种尖酸腐蚀着你,渐渐把你毁了。见到高尚的事物时,你便违背自己的意愿爱上它,于是你痛恨高尚,不将它毁灭就无法安宁,直到你将它撕毁或踏平了……是的,雅各受了很多苦,可怜的家伙……

"如果你问我,我会说,到了最后莎士比亚是很清楚那个可怜家伙的,而且很替他难过。我敢说他原本是用鹅毛笔或是那年代会用的东西蘸了墨水,打算描绘出一个彻底黑心的反派角色。但为了做到这点,他必须伴着雅各经历一切,他得跟他走、和他一起进入心底最深处,他必须感受雅各的感觉。这就是为什么当报应来临、雅各穷途末路之际,莎士比亚替他保留了尊严。他让他留下他仅有的东西,也就是他的缄默。莎士比亚自己到过死亡之境,他知道一旦到过地狱,就不会想去谈论那段经历……"

加布里埃尔转过身。他怪异、丑陋的脸有些扭曲,双眼流露出一种奇怪的诚挚情感。

"你知道,诺里斯,我从来没办法相信神。天父造就了百花鸟兽,神爱我们、照顾我们,他创造了这个世界。不,我不相信那个神。但有时候我忍不住要相信基督……因为基督下过地狱……他的爱是如此之深……

"他承诺要给忏悔的小偷天堂般的乐园。可是另一个人呢？那个咒骂他、斥责他的人，基督和他一起下地狱。也许在那之后……"

加布里埃尔忽然颤抖了一下。他摇晃身体，在那张丑陋的脸上，他的双眼显得还算漂亮。

"我说太多了，"他说，"再见。"

他突然匆匆离去。

我心想，他究竟在说莎士比亚还是他自己？我隐约觉得，他是在说他自己……

第二十章

加布里埃尔本来对选举结果非常有信心,他说过,他看不出有什么地方会出错。

没有预料到的是冒出一个叫做波普伊·纳拉科特的女人,她是葛雷特威希尔一家叫"走私者旅馆酒吧"的服务生。加布里埃尔从未见过她,也不知道她的存在,然而就是她开启了一连串真正会危及加布里埃尔选情的事件。

伯特和波普伊过从甚密,但伯特喝酒过多时对她很粗暴,是虐待狂的那种粗暴。于是波普伊反抗他,坚决不再和他有任何关系,而且没有改变心意的迹象。

这就是为什么有天晚上伯特烂醉如泥、怒气冲冲回到家,看到妻子米利畏惧的神情后又更加激动。他放任自己大发雷霆，把所有对波普伊的愤怒与无法发泄的欲望都加诸在可怜的妻子身上。他像发了疯一样，而米利（这也不能怪她）则完全丧失判断能力。

她以为伯特会杀了她。

逃出他的掌握后，她冲出家门到了街上。她根本不知道自己要往何处去，也不知道可以去找谁。她完全没有想到去警察局。附近没有邻居，只有夜晚门窗紧闭的商店。

她只能靠直觉引导她的脚步。直觉带她到她爱的男人那里，那个对她很好的男人。她的脑袋里没有任何刻意的想法，没有意识到可能引起的丑闻，她吓坏了，所以跑去找加布里埃尔。她是一只被猎捕的动物，绝望无援，正在找寻庇护所。

她不停地跑着，头发凌乱、上气不接下气地跑进国王旅店，伯特在后追赶，咆哮着各种威胁和报复的话语。

加布里埃尔正好就在大厅里。

我个人认为，加布里埃尔不可能有其他不同的做法，他喜欢这个女人、替她感到难过，而她的丈夫不但烂醉，还很危险。当伯特进来对着他破口大骂，并叫他放弃他的妻子、直截了当控诉他和她有染时，加布里埃尔叫他去死吧，说他根本不配有老婆，而他，加布里埃尔，会确保她的安全，让她不受到伤害。

伯特像头狂飙的公牛般猛冲，加布里埃尔将他打倒。之后他替米利订了一个房间，要她待在里面把门锁上。他告诉她，她现在不可能回家了，明天早上一切都会没事。

翌晨，消息已经传遍整个圣卢。伯特"发现"他太太和加布里埃尔的事，而且加布里埃尔和他太太一起住在国王旅店。

或许你可以想象，这件事情发生在选举前夕的影响有多大。再过两天就要投票了。

"如今他把自己毁了。"卡斯雷克心烦意乱地咕哝着，他在我的起居室里走来走去。"我们玩完了，输定了！威尔布里厄姆一定会选上。这是个灾难……一个悲剧。我从来就不喜欢那家伙。没教养。我就知道他会让我们失望。"

卡斯雷克太太以一种优雅的语调哀叹："这就是找个非绅士作为候选人的结果。"

我哥哥很少加入我们关于政治的讨论，就算在场，他也是默默抽着烟斗，但这次他拿下烟斗表达他的意见。

"问题是，"他说，"他确实做了绅士该有的举动啊。"

我觉得真是讽刺，加布里埃尔那些公然背离正道、偏离一般人所接受的绅士标准的行为，反而提高了他的地位；然而他这一次不切实际的骑士精神行为，却反而令他声势大跌。

不久，加布里埃尔本人也来了。他很固执且不悔悟。

"卡斯雷克，你这样小题大做并不会有帮助，"他说，"只要告诉我到底还可以做什么。"

卡斯雷克问米利现在在哪里。

加布里埃尔说她还在国王旅店。他说，他看不出她还有哪些地方可以去。接着又说，反正现在已经太迟了。他转向特雷莎，似乎认为她是在场所有人当中最务实的人。"对不对？"他要她回答。

特雷莎说确实已经太迟了。

"就是一个晚上，"加布里埃尔说，"人们感兴趣的就是晚上的事，不是白天。"

"是吗，加布里埃尔少校……"卡斯雷克气急败坏地说，他彻底吓到了。

"天啊，你的想法也太龌龊了吧！"加布里埃尔说，"我没和她一起过夜，如果你指的是这个的话。我要说的是，那对全圣卢的人来说是同一件事，我们两个都住在国王旅店。"

那就是人们唯一在意的事情，他说，还有伯特上演的戏码，以及伯特说他妻子和加布里埃尔之间的事。

"如果她可以离开，"卡斯雷克说，"去哪里都好，只要快点把她送去别的地方。也许这样就……"有那么一下子他看起来满怀希望，然后他摇摇头。"这样只会看起来更可疑，"他说，"非常可疑……"

"还有另一件事情要考虑，"加布里埃尔说，"她怎么办？"

卡斯雷克不解地盯着他看。

"你没想过她那边怎么办，对不对？"

卡斯雷克高傲地说："我们现在真的不能考虑这种小细节。我们要想办法找出来的是，有没有可能让你脱离这片混乱。"

"没错,"加布里埃尔说,"伯特太太并不重要,对吧?伯特太太是谁呢?她谁也不是,只是个可怜的女孩,她一直遭到威胁与虐待,吓得她几乎失去理智,她无处可去又身无分文。"

他提高音量。

"嗯……我告诉你,卡斯雷克,我不喜欢你的态度。让我告诉你伯特太太是谁,她是个人。对于你那该死的铁石心肠而言,除了选举,没有任何人或任何事情是重要的。这就是政治圈一直存在的腐败。鲍德温先生[①]在那段黑暗时期说过这样的话:'如果我说出真相,我就会输掉这场选举。'我不是鲍德温先生,我谁也不是。但你现在告诉我的是:'你的行为和普通人会做的一样,因此你会输掉这场选举!'这样的话,好吧,去你的选举!你自己留着这该死的臭选举吧。我先是个人,然后才是政治家。我从没和那个可怜的女生说过任何不该说的话,没和她上过床,我一直替她感到难过,如此而已。她昨晚来找我,因为她没有其他人可以倚靠。好吧,她就待在我那里好了,我会照顾她。去你的圣卢、威斯敏斯特宫,还有这整件该死的事。"

"加布里埃尔少校,"这是卡斯雷克太太痛苦的细小声音,"你不能做那种事!假设伯特和她离婚呢?"

[①] 鲍德温(Stanley Baldwin, 1867—1947),英国保守党政治家,曾三度出任首相一职。

"如果他和她离婚,我就娶她。"

卡斯雷克生气地说:"加布里埃尔,你不能这样让我们的希望落空。你不能把这件事闹大、变成公开的丑闻。"

"我不行吗,卡斯雷克?你等着看吧。"此时加布里埃尔的双眼是我所见过最愤怒的,我从没有这么喜欢过他。

"你威胁不了我的。如果那些平庸的选民投票的原则是一个男人可以打老婆、把她吓得不知所措,然后再给她扣上莫须有的罪名……那好吧,就让他们这么做!如果他们要投的是遵守基督徒礼仪的人,他们可以投给我。"

"可是他们不会这么做。"特雷莎说,然后叹了一口气。

加布里埃尔看着她,脸上的表情变得柔和。

"是不会,"他说,"他们不会这么做。"

罗伯特再度将烟斗从嘴里拿下来。

"就是这样才傻啊。"他出人意料地说。

"当然啦,诺里斯先生,我们知道你是共产党员。"卡斯雷克太太语带尖酸地说。

我不知道她说这话是什么意思。

就在这句充满讥讽的话刚说完,伊莎贝拉走了过来。她从露台穿过落地窗进来,看起来端庄、冷静且沉着。

她毫不在意当下的情况,她是来说她要说的话。她直接走向加布里埃尔,仿佛房间里只有他们两人,然后以自信的口吻对他说:"我想,不会有问题的。"

加布里埃尔盯着她,我们全都盯着她看。

"我是说关于伯特太太的事。"伊莎贝拉说。

她丝毫没有尴尬的样子,反而流露出一个心思单纯的人在做了他们认为正确的事情之后的满意神情。

"她在城堡那里。"她继续说。

"在城堡?"卡斯雷克不可置信地说。

伊莎贝拉转向他。"对,"她说,"我们一听到发生的事,我就觉得这样会是最好的方式。我跟祖母提议,她也同意了。于是我们立刻开车去国王旅店。"

我后来才发现,那根本是"皇室出巡"。伊莎贝拉的机智,找到了唯一可能的解套方法。

如我之前所说,圣卢老夫人在本地非常受敬重,可以说,从她身上会发射出正确的格林威治道德标准时间。人们也许会讥笑她既老派又保守,但他们尊敬她,而且只要是她赞成的,不大会有人反对。

圣卢夫人隆重地开着她那辆老旧的戴姆勒轿车过去,伊莎贝拉跟着她。她挺着坚毅不拔的身影踏进国王旅店,要找米利。

于是红着双眼、泪眼汪汪又怯懦的米利走下楼梯,然后像是接受皇室表扬的仪式般,圣卢夫人毫不含糊地以低沉的声音大声说:"亲爱的,我为你所经历的一切感到说不出的难过。加布里埃尔少校昨晚应该把你带来我们那里的,但我猜是因为他很体贴,不想这么晚来打扰我们。"

"我……我……您真好心。"

"亲爱的，把东西收一收。我现在带你回去。"

米利脸一红，低声说她……其实……没有任何东西。

"我真笨啊！"圣卢夫人说，"我们在你家停一下，让你去拿东西。"

"但是……"米利畏畏缩缩。

"上车。我们在你家停一下，让你去拿东西。"

米利向至高的权威低头。三个女人坐进轿车，车子就停在距离福尔街几码远的地方。

圣卢夫人和米利一起下车，陪她进入屋里。伯特从手术室里摇摇晃晃地出来，双眼布满血丝，原本准备大发雷霆，但看见圣卢夫人后，便控制住自己的行为。

"亲爱的，去收拾一些东西。"圣卢夫人说。

米利迅速逃上楼。圣卢夫人对伯特说："你对待妻子的举止很可耻。"她说："非常可耻。伯特，你的问题是你喝太多了。不管怎样，你不是好男人，我会建议你的妻子不要再和你有任何瓜葛。你说过她的那些事都是谎话，而你也很清楚那些都是谎话。是不是？"

她锐利的双眼催眠了这个抽搐发抖的男人。

"噢，这个嘛……我想是吧……你这么说的话……"

"你知道那些都是谎话。"

"好啦、好啦……我昨晚失控了。"

"你最好让大家知道那些都是谎话，不然我会建议加布里埃尔少校提出告诉。啊，伯特太太，你收好了吗？"

米利提着一个小行李箱下楼。

圣卢夫人挽着她的手臂,朝门的方向走去。

"等等……米利要去哪里?"伯特问。

"她要和我回城堡,"她强势地补了一句,"你有什么意见吗?"

伯特微微地摇摇头。圣卢夫人尖锐地说:"詹姆斯·伯特,我建议你尽快振作起来。不要再喝酒了,好好做你的工作。你的能力很好,但如果你再这样下去,下场会非常糟糕。振作起来吧!只要你愿意尝试就做得到。还有,注意你说话的方式。"

然后她和米利上了车。米利坐在圣卢夫人旁边,伊莎贝拉坐在她们对面。她们一路驶过大街,绕过港口到市场,就这样开回城堡。这是皇室出巡,而且圣卢所有的人几乎都看到了。

当天晚上,大家都在说:"一定没问题的,不然圣卢夫人不会接她去城堡。"

有些人则说事情不会空穴来风,而且米利为什么会在晚上冲出家门、跑去找加布里埃尔?还说圣卢夫人当然会因为政治因素支援他。

但后者是少数。人品会说话。圣卢夫人品格高尚,大家都知道她绝对正直。如果米利可以待在城堡,如果圣卢夫人站在她这一边,那么米利就没有问题。圣卢夫人不会站在有问题的那边;圣卢老夫人绝不会!拜托,她那么难搞!

这些事情大概的发生经过是伊莎贝拉告诉我们的,米利一安顿好,她就从城堡过来了。

卡斯雷克听懂她所说的这一切时,那黯淡的神情也逐渐明亮起来。他拍了一下自己的腿。"老天爷,"他说,"我相信这样可以达到目的。老夫人真聪明,对,她很聪明。聪明的主意。"

但这样的睿智与点子是出自伊莎贝拉。我非常惊讶她如此迅速就了解整个情况,并且付诸行动。

"我这就去进行,"卡斯雷克说,"我们一定要继续追踪这件事。我们来略述一下确切的说词。来吧,珍妮特,加布里埃尔少校……"

"我立刻过去。"加布里埃尔说。

卡斯雷克离开了。加布里埃尔走近伊莎贝拉身边。

"你这么做,"他说,"是为什么?"

她盯着他,一脸困惑。

"就……因为选举啊。"

"你是说……你很在意保守党有没有选上吗?"

她惊讶地看着他。"不是。我指的是你。"

"我?"

"对。你非常想打赢这场选举,不是吗?"

加布里埃尔脸上流露出一种困惑奇怪的神情。他转过头去。他说……比较像是对自己说,而不是对我们之中的任何一人说:"我很想吗?我不知道……"

第二十一章

就像我之前说的,这并不是精准的选战纪录。我并不在主要的激流之中,只是在回流里透过回音听见发生的事。我意识到似乎有一种愈来愈强烈的紧迫感,对着我之外的所有人袭来。

疯狂竞选活动还剩最后两天。这段期间,加布里埃尔每天造访两次来喝点东西。他放松的时候看起来累瘫了,他的声音因为在户外开讲而变得沙哑。然而累归累,他的活力丝毫不减损。他很少和我说话,大概是因为还得保留嗓子和体力。

他一口喝下饮料,喃喃地说:"什么鬼生活啊!你必须和民众说那些该死的蠢话。他们会被这样统治真是活该。"

特雷莎大部分的时间都在开车奔波。投票日早晨,大西洋上吹来阵阵强风,风声呼呼作响,雨水滴滴答答地打在屋顶上。

伊莎贝拉在早餐之后很早就来了。她穿了一件黑色雨衣,头发濡湿,双眼炯炯有神,雨衣上还别了一朵大大的蓝色玫瑰花饰。

"我整天都要载人去投票,"她说,"鲁珀特也是。我已经向伯特太太建议,她应该来看你,你不介意吧?你都是自己一人,对吧?"

我不介意,虽然我其实很满足可以一整天静静地看书。最近来陪我的人有点太多了。

伊莎贝拉表现出关心我独处的状态,似乎非常不像她,仿佛她忽然学起她的艾涅丝姨婆对我的态度。

"爱情似乎让你变温柔了,伊莎贝拉,"我不满地说,"或者这是崔西莉安夫人的主意?"

伊莎贝拉露出微笑。"艾涅丝姨婆想自己过来与你坐坐,"她说,"她想你一定很寂寞,而且,她是怎么说的……怕你会觉得格格不入。"

她好奇地看着我。我看出这是个从来不会在她脑海中出现的想法。

"你不这么认为吗?"我问。

伊莎贝拉的回复一如往常地直率。"这个嘛,你本来就格格不入呀。"

"没错,说得太好了。"

"如果你在意的话,我很抱歉。不过就算艾涅丝姨婆过来陪着你,我也看不出会有什么帮助,这只是意味着她也会变得格格不入。"

"而我确定她不会想要那样。"

"我提议让伯特太太过来,因为她本来就在保持距离。而且我想,也许你可以和她谈谈。"

"和她谈谈?"

"对,"伊莎贝拉白皙的前额微微蹙起,"你知道,我不大会……和人谈事情,也不习惯别人对我倾诉。她总是说个没完。"

"伯特太太说个没完?"

"是啊,而且感觉很没意义。但我没法恰当地回应,我想也许你知道。"

"她对什么事情说个没完?"

伊莎贝拉在椅子的扶手上坐下。她缓缓叙述,微微皱着眉,很像一个旅行者在描述某个野蛮部落那匪夷所思的仪式。

"关于发生的事,关于她跑去找加布里埃尔少校,关于一切都是她的错。如果他选输了,这都是她的责任。如果她一开始小心点就好了,她那时应该要想到可能引起的后果。如果她对詹姆斯·伯特好一点、更了解他一些,他可能就不会喝这么多。她十分自责,而且彻夜未眠地担心这件事,然后希望自己当初采取不同的行动。如果她伤害了加布里埃尔少校的职业生涯,她有生之年都不会原谅自己。全都是她的不对,没有别人;所有的一切,一直以来都是她的错。"

伊莎贝拉停下来。她看着我,像是用盘子把一个她完全不能理解的东西端到我面前。

微弱的回音从过去传到我的耳边。珍妮弗蹙着她那讨人喜欢的眉毛,勇敢地一肩扛起其他人所作所为的责任。

以前我觉得那是珍妮弗一个讨人喜欢的特质。现在,看着米利以同样的态度放纵自己,我发现这种观点也确实很惹人厌。我戏谑地思考着,这就是单纯觉得对方是个好女人与陷入爱河之间的差异!

"嗯,"我沉思地说,"我猜她很有可能这么认为,你不觉得吗?"

伊莎贝拉用她那言简意赅的方式作了回答。"不觉得。"她说。

"为什么?你说说看。"

"你知道的,"伊莎贝拉语带责备地说,"我不会说。"她停顿了一下,皱起眉头然后开始说,一副有点怀疑的样子。她说:"事情要不发生了,要不就没发生。我可以了解你在发生前可能会担心……"

我看得出来,这个观点甚至对伊莎贝拉来说都不大能接受。

"但到了现在还一直担心……噢,这就好像你去田野散步踩到牛屎一样；我的意思是，一路上说着踩到牛屎这件事，像是希望自己没有踩到、要是走另一条路就好了，还说这全都是因为自己没有看清楚脚下，以及你总是做这类蠢事，一点用处也没有。毕竟，牛屎已经沾在你的鞋子上，你怎么也避不了，但你不需要也让它沾染到你的心思上！还有，所有在这之外的东西如田野、天空、树丛以及陪你散步的人，他们全都在啊。只有等你回到家清理鞋子的时候，你才会再度想起那坨牛屎。那个时候你确实需要想一想……"

放纵自责是一个值得好好思考的有趣领域，我看得出来，米利任由自己沉溺其中，但我真的不明白为什么有些人比较容易有这样的倾向。特雷莎曾经暗示我，像我这种坚持要为别人打气、解决问题的人，不见得如我们所想那般对他人有帮助。不过这仍然没有解释为何人类喜欢夸大自己在事件中的责任。

伊莎贝拉满怀希望地说："我想你可以和她谈谈？"

"也许她喜欢……嗯，责怪自己，"我说，"为什么她不能这么做？"

"因为我觉得这样对'他'来说蛮糟糕的……对加布里埃尔少校。他必须不断安慰一个人，告诉她一切都没事、让她安心，这一定非常累人。"

毫无疑问，我心想，这会非常累人……我记得我那时候很累……与珍妮弗在一起格外地累人。但珍妮弗有一头漂亮的蓝黑色秀发、带着悲伤的灰色大眼,还有那讨喜又滑稽的鼻子……

约翰·加布里埃尔说不定很喜欢米利的栗色头发和她水汪汪的棕色眼睛,而且不介意要一直安抚她,让她相信一切都会没事。

"伯特太太有什么计划吗?"我问。

"喔,有啊。祖母替她在萨塞克斯郡① 找了工作,在她认识的人家里当管家的帮手,薪水很不错,而且工作不多。从那里到伦敦有方便的火车可搭,所以她可以去和朋友们碰面。"

我很好奇,伊莎贝拉所指的朋友包括加布里埃尔吗?米利爱上加布里埃尔了,我不知道加布里埃尔是不是也有点爱上她了。我想这是有可能的。"我认为她可以和伯特先生离婚,"伊莎贝拉说,"只不过离婚很花钱。"

她站起身。"我得走了。你会和她谈谈吧,好不好?"她在门口停下脚步。"鲁珀特和我再过一周就要结婚了,"她温柔地说,"你觉得你有可能来教堂吗?如果天气不错,有童子军可以推你过去。"

"你希望我去吗?"

"希望啊,非常希望。"

---

① 萨塞克斯郡(Sussex)位于英格兰东南部,一九七四年划分为东、西两郡。

"那我会去。"

"谢谢。我们在他回去缅甸之前还有一星期可以在一起，但我不认为大战还会打很久，你觉得呢？"

"你快乐吗，伊莎贝拉？"我温柔地问她。

她点点头。"感觉几乎有点吓人，想了这么久的事就要成真了……鲁珀特一直在我脑海里，可是本来已经渐渐模糊了……"

她看着我。

"虽然这一切都是真的，感觉起来却很不真实。我依然觉得我可能会……醒来，仿佛这只是一场梦……"

她口气温柔地继续说："能够拥有一切……鲁珀特……圣卢……一个人所有的愿望都要实现了……"

接着她惊叫："我不该待这么久的，他们给了我二十分钟休息喝杯茶。"

我发现，原来我是伊莎贝拉的那杯茶。

下午，米利过来看我。她脱掉雨衣、尖顶帽和雨鞋之后，向后抚平她的棕发，并且有点刻意地在鼻子上扑了粉，然后到我身边坐下。我心想，她真的很漂亮，人也很好，就算你想要讨厌她都很难，何况我并不想讨厌她。

"希望你没有觉得被冷落了，"她说，"你吃过午餐了吗？一切都还好吗？"

我告诉她，我在物质方面都有人照顾，请她放心。

"我们待会……"我说，"喝杯茶。"

"好啊。"她不安地动来动去。"噢，诺里斯上尉，你认为他会选上，对不对？"

"现在说还太早。"

"喔，但我的意思是说，你觉得呢？"

"我确定他选上的机会很大。"我安抚她说。

"如果不是因为我，他一定会选上的！我怎么这么笨啊……这么差劲。喔，诺里斯上尉，我无时无刻都在想这件事。我非常自责。"

又来了，我心想。

"应该停下来，不要再想了。"我建议。

"可是，我怎么能够不想呢？"她可怜的棕色眼睛睁得大大的。

"练习自我控制和意志力。"我说。

米利看起来十分怀疑，而且有点不认同。

"我不觉得我应该轻松看待这件事情，尤其当一切都是我的错的时候。"

"亲爱的，你这样忧心忡忡，无助于加布里埃尔进入国会。"

"是不会，当然……但如果我妨害了他的生涯，我将永远不会原谅自己。"

我们争论的内容都是那几句。这种事我和珍妮弗经历过很多次，差别在于我现在是冷静地和她争论，不掺杂个人感情因素。这个差别很大。我喜欢米利，可是我觉得她让人很恼火。

"拜托,"我大声说,"不要再大惊小怪了!就算不是为了别人,也为了加布里埃尔吧。"

"但我就是因为他才介意呀。"

"你不觉得那个可怜人的负担已经够沉重了,不需要你再加给他一堆眼泪和懊悔吗?"

"可是如果他选输了……"

"如果他选输了(他根本还没输),而且如果是因为你的关系(我们根本无从得知,况且可能完全不是如此),那么他不是已经够失望而失去斗志了,不需要再多一个懊悔的女人在渲染她的后悔、让事情更糟?"

她露出困惑而固执的神情。

"但我想弥补我所做的事。"

"也许你没有办法弥补。如果可以弥补,唯一的方式只有设法让加布里埃尔相信,没选上对他而言是喘口气的大好机会,而且让他能够自由迎接人生中更多有趣的挑战。"

米利看起来很害怕。

"噢,"她说,"我想我可能做不到那样。"

我也认为她没办法做到。一个能随机应变、毫无顾忌的女人才做得到。特雷莎,如果她在意加布里埃尔,就可以做得很好。

我想,特雷莎面对人生的方式就是不间断地采取攻势。

毫无疑问,米利的人生态度是追求一次又一次浪漫辉煌的失败。但另一方面,有可能加布里埃尔喜欢捡拾碎片,并将它们拼凑起来。我自己就曾经很喜欢这类事。

"你很喜欢他,对不对?"我问。

她棕色的眼睛热泪盈眶。

"噢,我很喜欢……真的很喜欢。他是……我从没遇过像他一样的人……"

我自己也没遇过像加布里埃尔这样的人,不过我并没有和米利一样被打动。

"我愿意为他做任何事,诺里斯上尉,我真的愿意。"

"如果你非常在乎他,这样就够了。不要再想了。"

是谁说过"爱他们就好,不要纠缠他们"?是某个心理学家写给妈妈们的建议吗?然而这其中有很多可应用在亲子之外人际关系的智慧。但我们真的可以不去纠缠任何人吗?或许对我们的敌人还可以,只要费点力气。可是对我们所爱的人呢?

我停止这种多想无益的行为,按铃要了茶。

喝茶的时候,我坚决要谈谈去年我看过的电影。米利很喜欢看电影,她对最新作品的描述帮助我跟上进度。一切都很愉快,我也很喜欢这样的谈话,所以米利离开时我觉得蛮可惜。

远方的战役不时传回报告。他们都很疲倦,有人乐观,有人沮丧。罗伯特是唯一带着正常而愉快心情回来的人。他在一个废弃的采石场找到一棵倾倒的榉树,而那就是他心里一直渴望的东西。他还在一家小酒吧里吃了一顿特别可口的午餐。绘画和食物是罗伯特主要的话题，而这些话题一点也不差。

第二十二章

隔天夜里,特雷莎突然进来我的房间,将自己深色的头发从疲惫的脸庞往后拨,然后说:"嗯,他选上了!"

"赢多少?"我问。

"两百一十四张票。"

我吹了声口哨。

"所以差距很小。"

"对,卡斯雷克认为,要不是因为米利·伯特那件事,他至少会赢一千票。"

"卡斯雷克并没有比任何其他人更了解他所说的情况。"

"左派横扫全国各地,工党到处都选上了。我们这里是保守党少数赢得席次的地方。"

"加布里埃尔说得没错,"我说,"他之前就预言过了,你记得吧?"

"我知道。他的判断真是不可思议。"

"嗯,"我说,"米利今晚可以快快乐乐上床睡觉了,她毕竟没坏了事,她终于可以松一口气了。"

"她会吗?"

"特雷莎,你真是个恶毒的女人,"我说,"那个小姑娘对加布里埃尔可是全心全意。"

"我知道,"她想了想又说,"他们彼此也很适合。我想他和她在一起应该会蛮快乐……如果他想要快乐的话。有的人不想。"

"我从来没注意到加布里埃尔有任何过度禁欲的倾向,"我说,"我会说,他除了自己日子过得好且拼命追求想要的生活之外,很少会想到其他事情。反正他是要娶钱当老婆,他对我这样说过。我也认为他会这么做。他注定会成功,是比较粗俗的那种成功。至于米利,显然她似乎是受害者的角色。特雷莎,我猜你现在会告诉我她喜欢当受害者。"

"不,当然不会。可是,休,只有非常坚强的人会说:'我让自己成了大笨蛋。'然后一笑置之,继续往前走。软弱的人必须有可以抓住的东西;他们必须看到自己的错误,不只是处理上的失败,而是个确切的缺点,一个悲剧性的过错。"

她突然又说:"我不相信罪恶。危害世界的所有一切都是由软弱造成的，通常是善意，而且看起来浪漫得不得了。我害怕这种东西，它们很危险。这种东西就像黑暗中漂浮的废弃船只，会撞坏经得起风浪的坚固船只。"

我直到隔天才见到加布里埃尔，他看起来像泄了气的皮球，几乎没有一点活力。我几乎认不出他就是我认识的那个人。

"选举后遗症？"我说。

他发出呻吟。"你说得对。成功真是件令人恶心的事。最好的雪莉酒放在哪？"

我说了位置，然后他帮自己倒了一杯。

"我认为威尔布里厄姆不会因为失败而特别兴高采烈。"我说。

加布里埃尔露出无力的笑容。

"他是不会，可怜的家伙。而且我相信，他很认真地看待自己和政治。不是太认真，但也够了。可惜他太软弱。"

"关于公平竞争、运动家精神那一类的事，我猜你们已经和对方说了那些该说的话吧？"

加布里埃尔又露齿而笑。

"喔，该做的那套我们都做了，卡斯雷克看着我们做的。那个人真是笨蛋！把他的工作记得滚瓜烂熟、一字不差，但其实根本没有智慧可言。"

我举起手上的雪莉酒。"嗯，"我说，"祝你未来的生涯顺利成功。你现在上路了。"

"没错,"加布里埃尔毫不热衷地说,"我上路了。"

"你看起来似乎没有很高兴。"

"喔,只是像你刚才说的,就是选举后遗症啦。打败对手之后,人生总是很无趣,但接下来还有很多场仗要打。你等着看我怎么成为公众瞩目的焦点。"

"工党拿到相当多的席次。"

"我知道,太棒了。"

"说真的,加布里埃尔,你这个新任保守党国会议员说的话还真奇怪。"

"该死的保守党国会议员!我现在逮到机会了。我们要靠谁让保守党重新站起来?温斯顿是很好的战场老将,尤其是你面对战争的时候。但他太老了,没办法处理和平问题。和平很微妙。伊登人很好,是个说话委婉的英国绅士——"

他继续分析保守党中形形色色的知名人物。

"没一个有建设性想法。他们总是喋喋不休地抱怨国有化,然后对社会党员犯的错误幸灾乐祸。(天啊,他们也很会犯错!他们是一群愚笨的家伙、顽固的老工会成员,还有牛津来的理论家,净说空话。)我们的阵营会用所有过去在议会中使用过的伎俩,就像在市集的可怜老狗一样,先是狂吠一番,然后用后腿站起来,转个圈缓慢地跳华尔兹。"

"在反对党引人注目的远景之中,约翰·加布里埃尔将扮演什么角色?"

"在还没有周详的计划之前,你不能发起行动。所以……顺其自然吧。我会抓住年轻人的心，那些有新想法、通常'反政府'的人，给他们一个想法，接着就全力实现那个想法。"

"什么想法？"

加布里埃尔恼怒地瞪了我一眼。

"你老是搞错重点。是什么微不足道的想法根本不重要！我随时可以想出半打来。政治上只有两件事会引起人们的兴趣：一是给他们一点好处，另一是那种听起来好像可以解决所有问题且非常容易理解的想法，高贵却模糊，可以让你的内心散发出温暖的光芒。人们喜欢感觉自己是个高贵的动物，同时又有优厚的收入。你不会想要提出过于实际的想法，你知道，只要那个想法符合人性，而且不针对任何你会见到的人。你发现了吗，在给土耳其、美国或是哪里的地震受害者捐款，总是源源不绝地涌进来，但没有人真的想收容一个被撤离的孩子，对不对？这就是人性。"

"我会持续高度关注你的职业生涯。"我向他保证。

"二十年后，你会发现我变胖、过得很舒适，而且可能被视为是慈善家。"加布里埃尔说。

"然后呢？"

"什么'然后呢'？"

"我只是在想，你也许会觉得无聊。"

"喔，我总会找一些事来做，纯粹为了好玩。"

加布里埃尔勾勒自己人生时的那种信心满满，总是让我很感兴趣。我开始相信他的预言将会实现,我想他就是有本事让它成真。他预测这个国家会交给工党,他一直很确定自己会胜利。现在,他的人生也会一如他所预期的那样分毫不差。

我有点俗气地说:"所以在最好的世界里,一切都是最好的。①"

他马上不耐烦地皱起眉头,然后说:"你哪壶不开提哪壶啊,诺里斯。"

"为什么,怎么了吗?"

"没事……真的没事。"他沉默了片刻,然后继续说,"你可曾被刺扎到手指里?你知道那有多令人抓狂吗?不是真的很严重,但永远提醒你、刺痛着你、束缚着你……"

"那根刺是什么?"我问,"米利·伯特?"

他惊讶地看着我。我看出米利并不是那根刺。

"她没问题,"他说,"好在没有造成伤害。我喜欢她,希望在伦敦可以见到她;在伦敦不会有地方上这些恶毒的闲言闲语。"

然后,他的脸红了起来,从口袋里用力拉出一个包裹。

"我在想你可不可以看看这个。你觉得这个可以吗?结婚礼物,给伊莎贝拉·查特里斯的。我应该送个东西给她吧。

---

① 这句话出自十八世纪法国哲学家伏尔泰(Voltaire,1694—1778)所著之讽刺小说《康迪德》(Candide),原著旨在讥讽莱布尼茨(Gottfried Wilhelm Leibniz,1646—1716)的乐观主义。

是什么时候?下礼拜四?还是你觉得这种礼物很蠢?"

我兴致勃勃地打开包装。眼前的东西出乎我意料,我从来没想过加布里埃尔会送这种东西作为结婚礼物。

那是一本祈祷书①,烫金图案十分精美,应该是博物馆收藏的作品。

"不知道这到底是什么,"加布里埃尔说,"天主教那类的东西,已经有好几百年的历史。但我觉得……我不知道……这似乎和她很相配。当然啦,如果你觉得它根本就很无聊……"

我急忙要他放心。

"很漂亮,"我说,"无论是谁都会想要拥有这本书。它是个珍品。"

"我猜她不会特别喜欢这种东西,不过蛮适合她的,如果你知道我的意思……"我点头,我确实知道。"毕竟,我得送她个什么东西才行。不是我特别喜欢那个女孩,我对她一点用处也没有。高傲的女孩,她倒是骗到男爵殿下了。我祝福她和那个装模作样的家伙幸福快乐。"

"他可比什么装模作样的家伙要强多了。"

"对,他确实是。无论如何,我得和他们保持良好关系。作为地方国会议员代表,我会和他们在城堡吃饭,还会去参加他们的年度花园聚会那类活动。我猜圣卢老夫人现在得搬

---

① 祈祷书(book of hours),天主教每日例行祷告课用的经书。

去都尔楼了，就是靠近教堂那栋发霉的废弃楼房。我想，住在那里的人很快就会得风湿病死掉。"

他拿回那本烫金的祈祷书，把它包起来。

"你真的觉得这个礼物很好？没有问题吗？"

"这是个高贵而稀有的礼物。"我向他保证。

特雷莎走了进来。加布里埃尔说他正要离开。

"他怎么了？"加布里埃尔离开后，她问我。

"疲倦了吧，我想。"

特雷莎说："不只如此。"

"我忍不住觉得，"我说，"让他选上真是可惜，失败可能会让他清醒一点。现在看来，他会继续这样嚣张几年。整体来说，他是个讨厌的家伙，但我倒觉得他会一路爬到树顶。"

我猜应该是因为说到了"树"这个字，激起了罗伯特发表他的言论。他是和特雷莎一起进来的，一如往常没有引起任何人的注意，因此他开口时，也一如往常地吓了我们一跳。

"喔，不会啦，他不会的。"他说。

我们好奇地看着他。

"他不会爬到树顶的，"罗伯特说，"我想，完全不可能……"

他闷闷不乐地在房里走来走去，然后问为什么总是有人把他的调色刀藏起来。

第二十三章

鲁珀特和伊莎贝拉的婚礼订在星期四。当我听到窗外露台上的脚步声时,时间还非常早,我猜差不多是凌晨一点。

我一直没法入睡,这个晚上状况比较糟,因为痛得很厉害。

我心想,幻觉真爱玩奇怪的把戏,我发誓外面露台上是伊莎贝拉的脚步声。

接着我听到她的声音。

"休,我可以进来吗?"

落地窗半开着,通常都是如此,除非刮起强风。伊莎贝拉走进来,我打开躺椅边的灯,仍觉得自己在做梦。

伊莎贝拉看起来很高挑,她穿着斜纹软呢外套,一条深红色围巾包着头发。她的神情很严肃、冷静，而且有点哀伤。

我无法想象她这么晚了（或者说这么早）在这里做什么。但我微微感到忧虑。

我不再认为自己是在做梦了；事实上，我的感觉完全相反，我感觉自从鲁珀特·圣卢回来之后发生的一切仿佛是场梦，而现在清醒了。

我记得伊莎贝拉说过："我依然觉得我可能会醒来。"而我忽然明白，那就是在她身上发生的事。这个站在我身旁的女孩不再是在梦里，她醒来了。

我还记得另一件事，罗伯特说鲁珀特受洗时，身旁一个坏仙女也没有。我后来问他这句话的意思，他回答："嗯，如果一个坏仙女也没有，又怎么会有故事呢？"也许这就是鲁珀特·圣卢不大真实的原因。他的一表人才、聪明才智以及"名正言顺"都太不真实了。

就在伊莎贝拉开口前的一两秒，我脑中困惑地闪过这一切。然后她说："我是来和你道别的，休。"

我呆呆地盯着她。"道别？"

"对。你知道，我要离开了……"

"离开？你是说和鲁珀特吗？"

"不，是和约翰·加布里埃尔……"

在那个当下，我意识到人类心智奇妙的双重性。我半边脑袋吓呆了，感到很怀疑。伊莎贝拉说的话似乎相当令人难以置信，这么奇幻怪诞的事就是不可能发生啊。

然而某一方面，另一部分的我并不感到惊讶，像是内心有个声音嘲笑着说："当然的嘛，你一直都知道的……"我记得伊莎贝拉头也没回就认出加布里埃尔在露台上的脚步声；我记得她在惠斯特纸牌大赛的那晚从下面花园走上来时的表情；还有，她在处理米利危机时的行动如此迅速。我记得她说"鲁珀特一定要赶快回来……"的声音中透露一种怪异的急迫感。她那时很害怕，害怕正发生在她身上的事。

我约略了解到将她推向加布里埃尔那股隐藏的冲动。不知为何，那个男人对女人有种奇特的吸引力，特雷莎很久以前告诉过我……

伊莎贝拉爱他吗？我很怀疑。我看不出和加布里埃尔这样的男人在一起，会为她带来任何幸福，他是一个渴望得到她、却不爱她的男人。

至于他，根本就是神经错乱。这表示他会放弃他的政治生涯，这会毁了他所有的抱负。我不了解他为什么要采取这么疯狂的举动。

他爱她吗？我不这么认为。就某方面来说，我想他是恨她的。自从他来到这里，她属于让他蒙羞的那部分（还有城堡及圣卢老夫人）。这是他做出疯狂举动背后那个模糊的原因吗？是因为他要报复他所蒙受的侮辱吗？如果他能毁掉曾经侮辱他的事物，即使要毁掉自己的人生，他也愿意吗？这是那个"平凡小男孩"的复仇吗？

我爱伊莎贝拉,我现在知道了,我爱她爱到她幸福我就快乐。她本来和鲁珀特在一起很快乐、美梦成真,还可以在圣卢生活……她只是担心那可能不是真的……

那么,什么才是真的?约翰·加布里埃尔吗?不,她现在做的事几近疯狂,一定要有人阻止她、请求她、说服她才行。

许多话到了嘴边……却没说出来。直到今日,我还是不知道为什么……

我唯一可以想到的理由是:伊莎贝拉,就是伊莎贝拉。

我什么也没说。

她弯下腰吻了我。不是孩子的亲吻,那是女人的唇。她的双唇很清新,我永远不会忘记它甜蜜而强烈地压在我的唇上,仿佛被一朵花吻了一下。

她说了再见,然后走出落地窗,走出我的生命,到一个加布里埃尔正在等待她的地方。

而我没有试图阻止她……

第二十四章

约翰·加布里埃尔和伊莎贝拉·查特里斯离开圣卢之后,我第一部分的故事也结束了。我发现这个故事其实是他们的,不是我的,因为他们一离开,我能记得的事情也就少之又少,全都模糊而混乱。

我对圣卢的政治活动从来不感兴趣,对我而言,政治只是剧中主角移动时身后的背景布幕。然而政治必然——没错,我知道事情必然如此——影响深远。

如果加布里埃尔有一点政治良心的话,他当然不会做出那样的事。他会害怕让他的阵营失望,因为这果然令他们大失所望。地方上民情激动到即使他没有自愿辞职,也会施压逼他放弃刚得到的席次。这起事件重挫了保守党的声誉。一个传统且较有荣誉感的人，在这方面一定谨慎多了。我认为加布里埃尔一点也不在意这些，他一开始就是为了自己的事业，而他疯狂的行径毁了他的事业。这是他的看法。他那时预言只有女人可能毁了他的人生，说得也够真切了。他一点也没预料到那个女人会是谁。

以他的个性和教养，根本无法理解像是崔西莉安夫人和查特里斯太太这种人会有多么震惊与害怕。崔西莉安夫人从小的教养让她相信，参选进入国会是一个人对国家的职责所在。她的父亲就是这样设想的。

加布里埃尔甚至没有逐渐开始欣赏这种态度。他的看法是，保守党选他等于是选了个没用的家伙。那是场赌局，而他们输了。如果一切照常运作，他们会做得非常好。然而总有百分之一的机会……而那百分之一的机会已经发生了。

奇怪的是，与加布里埃尔的看法一模一样的竟是男爵遗孀圣卢夫人。

在我位于浦诺斯楼的会客室里，有一次她单独和我及特雷莎说过这件事，而且就只有那么一次。

"我们不能……"她说，"逃避该负的责任。我们都知道那个人是个什么样的人。我们提名一个局外人，一个没有信仰、没有传统、不正直的人。我们很清楚他只是个投机分子，因为他有取悦大众的特质、优良的战绩、虚有其表的吸引力，我们就接受了他。我们做好被他利用的准备，因为我们也准备好要利用他。说要跟随时代潮流是在为我们自己辩解，但如果保守党的传统中还有任何实际存在的事物、任何意义，那就必须发扬这项传统。我们的代表就算不优秀，也必须真诚，并且与这个国家休戚与共，不怕为那些在他们之下的人担起责任，作为上层阶级也不会感到羞耻或不自在，因为他们不只接受特权，同时也接受身为上层阶级的职责。"

这是一个垂死政权的声音。我不同意它，但我尊重它。新的想法、新的生活方式正在诞生，老旧的则被废除，然而身为老派最佳代表的圣卢夫人巍然屹立着，她有属于自己的一席之地，到死都会守住这个位置。

她没有谈到伊莎贝拉。在这方面她被伤得很深，因为从老夫人毫不妥协的观点看来，伊莎贝拉背叛了她自己的阶级。这位严守纪律的老人可以替加布里埃尔找到藉口，因为他是不受法律规范的低下阶级，但伊莎贝拉却背叛了城堡内的自己人。

虽然圣卢夫人对伊莎贝拉只字未提，崔西莉安夫人倒是说了一些。我想，她会找我是因为她没有别人可谈，也因为我瘫痪，所以她觉得没关系。她对我的无助有种根深蒂固的母性，我觉得她几乎认为把我当成自己儿子说话是很正当的。

她说，阿德莱德很冷漠。莫德不客气地回了她几句，便立刻带着狗出去了。崔西莉安夫人需要宣泄她丰沛的情感。

她若和特雷莎谈论家人会觉得自己不忠诚，与我讨论时就不会有这种感觉，可能是因为她知道我爱伊莎贝拉。她爱伊莎贝拉，深深爱着，她无法不去想她的事，并且为她所做的事感到困惑与迷惘。

"休，这非常不像她，完全不像她，我认为一定是那个男人蛊惑了她。我总觉得这个男人很危险……而她看起来这么快乐，快乐得不得了。她和鲁珀特像是天作之合。我无法理解。他们很快乐，他们真的很快乐。你不也这么认为吗？"

我说，根据我的感觉，是的，我认为他们很快乐。我想补充一句，但我想崔西莉安夫人不会了解，有的时候快乐是不足够的……

"我忍不住觉得，一定是那个可怕的男人怂恿了她，不知道用了什么方法催眠她。但阿德莱德认为不是这样，她说除非伊莎贝拉打算这么做，否则她什么也不会做。我不知道，应该是吧。"

我想，圣卢夫人说得没错。

崔西莉安夫人问："你认为他们结婚了吗？你想他们在哪里？"

我问她们是不是都没有她的消息。

"没有，什么也没有。只有伊莎贝拉留下来的一封信，是写给阿德莱德的。她说她不期待阿德莱德会原谅她，而这样也许是对的。她还说：'要说我为了所有造成的痛苦感到抱歉，并没有什么意义。如果我真的觉得抱歉，就不会这么做了。我想鲁珀特可能会了解，也可能不会。我会永远爱你们，即使我再也不会见到你们。'"

崔西莉安夫人热泪盈眶地看着我。

"那可怜的小子……好可怜的人。亲爱的鲁珀特……我们都变得那么喜欢他。"

"我想他一定很难接受。"

自从伊莎贝拉逃走之后,我就没有见过鲁珀特,他隔天便离开圣卢了。我不知道他去哪里或做了什么事。一星期后,他重返缅甸的部队。

崔西莉安夫人泪眼汪汪地摇摇头。

"他对我们所有人那么亲切、那么和善。但是他不想谈论这件事,没有人想谈这件事。"她叹了一口气。"可是我忍不住会想知道他们在哪里、在做什么。他们会结婚吗?住在哪里呢?"

崔西莉安夫人的思路基本上是很女性的,直接、实际,日常生活的事情占满了她的脑袋。我看得出来,她已经模糊地勾勒起伊莎贝拉家居生活的图像,包括婚姻、房子和孩子。她很轻易就原谅了她。她爱伊莎贝拉。伊莎贝拉所做的事令人震惊、很不光彩,让这个家族失望。不过这也是很浪漫的事,而崔西莉安夫人就是个极其浪漫的人。

如我之前所说,我接下来两年在圣卢的记忆都很模糊。之后办了一场补选,威尔布里厄姆高票当选。我甚至不记得保守党的候选人是谁,我猜想是某个人格没有污点、对大众不具吸引力的乡下士绅吧。少了约翰·加布里埃尔,政治不再吸引我的注意,我自己的健康开始占据了我大部分的思绪。我去了一家医院，开始一连串的手术，这些手术对我的状况虽然没有造成伤害，但也帮助不大。特雷莎和罗伯特继续住在浦诺斯楼。圣卢城堡的三位老太太离开了城堡，搬进一栋有个迷人花园的维多利亚式小房子。有一年的时间，城堡租给了一些从北英格兰来的人。十八个月后，鲁珀特回到英格兰，并娶了有钱的美国女孩。特雷莎写信告诉我，他们正计划大规模重新整修城堡，只等建筑法规通过。我无缘由地对重建圣卢城堡这个想法感到厌恶。

至于加布里埃尔和伊莎贝拉实际上在哪里，还有加布里埃尔在做什么……没有人知道。

一九四七年，罗伯特在伦敦办了一场很成功的展览，展出他在康沃尔郡的画。

在那个时候，外科手术的技术有很大的进步。欧陆地区有好几位外国的外科医师，在处理与我类似的案例上有杰出的表现。伴随战争而来的少数好处之一，是在减轻人类痛苦方面的知识大跃进。我在伦敦的医生对一位斯洛伐克的犹太医生做的事很感兴趣，他在战争期间从事地下活动，做了一些大胆实验，而且有十分惊人的成果。我的医生认为，遇上我这种案例，他可能会试图进行其他英国医生不敢尝试的手术。

这就是我在一九四七年秋天，到萨格拉德去找克拉斯维奇医生看病的原因。

我没必要描述自己故事的细节，只要提到克拉斯维奇医生的部分就够了。我觉得他是一位细腻又聪明的外科医师，他相信我只要动手术就会大幅改善状况。他希望我在手术后可以用拐杖自由行动，而不是躺卧着当个无助的废物。他安排我立刻去他的诊所。

我和他的期望实现了。六个月后，如他所承诺的，我可以拄着拐杖走动了。我无法形容这让我的人生变得多么兴奋。我继续留在萨格拉德，因为我一个礼拜必须接受好几次物理治疗。某个夏日傍晚，我缓慢且痛苦地在萨格拉德的大街上摇摇晃晃走着，然后在一家小小的露天酒吧停下来，点了一杯啤酒。

就在这时候，我的目光穿过几张有人坐的桌子，看到了约翰·加布里埃尔。

我非常震惊。我已经很久没有想到他了，完全不知道他在世界的这个角落。但这个男人的外貌更是让人吓了一大跳。

他变得很落魄。他的脸向来有点粗犷，现在却粗犷到几乎让人认不出来，不仅臃肿不健康，而且双眼布满血丝。就在这时候，我发现他有点醉了。

他望过来，看见了我，然后站起身，摇摇晃晃地朝我的桌子走来。

"唷，"他说，"看看是谁啊！我绝对没想过会见到的人。"

要是我能一拳揍到加布里埃尔的脸上，会让我感到无比的快乐，但事实上，除了我没办法打架之外，我还想知道伊莎贝拉的消息。于是我请他坐下来喝一杯。

"谢了，诺里斯，那我就来一杯。圣卢和那个华而不实的城堡，还有那几个老太婆之后怎么样啦？"

我告诉他我离开圣卢已经好一阵子，城堡出租了，三位老太太也已经搬走了。

他满怀希望地说，这对那个遗孀老夫人来说一定很难受。我说，我觉得她是欣然离开的。我还告诉他，鲁珀特就要结婚了。

"事实上，"加布里埃尔说，"对所有人来说，最后一切都变得很好。"

我忍住不回答。我看到那熟悉的笑容浮现在他的嘴角。

"少来了，诺里斯！"他说，"不要摆张扑克脸。问她的事啊，你不就是想知道这个？"

加布里埃尔总是直捣黄龙。我认输了。

"伊莎贝拉过得如何？"我问。

"她很好。我并没有做出典型骗子的行为，把她拐到手就丢在阁楼里。"

情况变得让我更难控制住自己不揍加布里埃尔一顿。过去他总是有办法让人反感，现在他更加令人憎恨，他开始沉沦。

"她在萨格拉德吗？"我问。

"对，你最好来看看她。见见老友、听听圣卢的消息，对她是好事。"

我心想,这样对她会是好事吗?加布里埃尔的语气里透露了些许虐待狂的快感吗?

我说,语气有些尴尬,"你们……结婚了吗?"

他的笑容非常邪恶。

"没有,诺里斯,我们没有结婚。你可以回去告诉那个圣卢老太婆。"

(很奇怪,他对圣卢夫人依旧恨得牙痒痒的。)

"我不大可能对她提起这个话题。"我冷冷地说。

"就是那样,对吧?伊莎贝拉使家族蒙羞,"他将椅子向后倾,"老天,我真想看她们那天早上的表情,就是她们发现我们一起走了的那天早上。"

"天啊,加布里埃尔,你真是头猪。"我说。我的怒气渐渐失去控制。

他一点也没有不高兴。

"这就要看你用什么方式来看这件事,"他说,"诺里斯,你对人生的看法非常狭隘。"

"无论如何,我还有些正派的本性。"我严厉地说。

"你真是个英国佬。我一定要介绍你认识一下我和伊莎贝拉周遭这群大都会的人。"

"恕我直言,你看起来并没有非常好。"我说。

"那是因为我喝太多了,"加布里埃尔立刻回说,"我现在有点醉。你开心点嘛。"他继续说:"伊莎贝拉不喝酒。我无法理解她为什么不喝……但她就是不喝。她依旧带着女学生的样子。你见到她会很高兴的。"

"我想见见她。"我缓缓地说。但这样说的时候,心里并不确定自己说的是不是真的。

我想见她吗?说真的,会不会只是痛苦而已?她想见我吗?也许不想。如果我可以知道她的感觉就好了……

"没有私生的小鬼,你听了会很高兴。"加布里埃尔开心地说。

我看着他。他温和地说:"你很恨我,对不对,诺里斯?"

"我想我有足够的理由恨你。"

"我不这么认为。你在圣卢从我这里得到很多娱乐。噢,是的,你确实如此。你对我的所作所为感兴趣,这可能让你没有去自杀,如果我是你,一定会自杀。只因为你狂热地为伊莎贝拉着迷就恨我,这实在没什么意义。喔,没错,你为她疯狂。你那时如此,现在还是如此。这就是为什么你假装亲切地坐在这里,其实对我厌恶至极。"

"伊莎贝拉和我是朋友,"我说,"我猜你没有能力理解这种事情。"

"我不是说你和她调情,老兄。我知道你不大擅长那种事。心灵相通,精神提升。嗯,见见老朋友对她是好的。"

"我不知道,"我缓缓地说,"你真的认为她会想见我吗?"

他的脸色一变,生气地皱起眉头。"为什么不会?她为什么会不想见你?"

"我是在问你。"我说。

他说:"我想让她见见你。"

这句话把我惹毛了。我说:"这样吧,我们照她的意愿决定。"

他忽然又露出微笑。"她当然会想见到你啊,老兄。我刚刚只是在和你开玩笑。我给你住址,你随时可以去找她,她通常都在。"

"你现在在做什么?"我问。

他眨眨眼,闭上一只眼睛,然后将头歪向一边。

"情报工作,老兄。嘘……要保密的。不过待遇不好,如果我现在是国会议员,一年会有一千英镑呢。(就跟你说,如果工党当选,议员的薪水会变多吧。)我常提醒伊莎贝拉,我为了她放弃了多少东西。"

我真厌恶这个奚落别人的粗俗家伙。我想要……嗯,我想做很多对我来说根本不可能做到的事,但我却只收下他塞给我的一张肮脏小纸条,上面潦草地写着地址。

那个晚上,我花了很久的时间才入睡,对伊莎贝拉的忧虑始终挥之不去。我在想,不知道她是否可能离开加布里埃尔。显然这一切变得很糟糕。

至于有多糟,我到了隔天才知道。我找到加布里埃尔写的那个地方,那是一间位于一条偏僻陋街、看起来十分破旧的房子,那里也是镇上环境不好的一区,这是街上鬼鬼祟祟的男人和浓妆艳抹的女人告诉我的。我找到那间房子，然后用德文询问站在门口一个非常邋遢的女人：那位英国女士住哪里。

很幸运地她听得懂德文，然后指示我去顶楼。我艰难地爬上楼，拐杖一直打滑。那间房子非常肮脏，有臭味。我的心沉到谷底，我那美丽又气宇不凡的伊莎贝拉竟沦落至此。不过，这同时也更坚定了我的决心。

我要带她脱离这一切，带她回英国去……

我气喘吁吁地到了顶楼，然后敲了门。

里面传出说捷克语的声音。我认得那个声音，是伊莎贝拉。于是我打开门走进去。

我想，我没办法说明那个屋子给我的印象。

首先，那里很糟糕。坏了的家具、俗气的吊饰，还有一张看起来不舒服、感觉很淫乱的黄铜床架。这个地方同时又干净又肮脏。我的意思是，墙上有一条条污痕，天花板黑黑的，而且隐约有一点令人不适的虫臭味。不过表面上没有污垢。床铺得好好的，烟灰缸也清空了，没有垃圾和灰尘。

但无论如何，那是个污秽的地方。在屋子中央，双腿蜷缩着坐在那里刺绣的就是伊莎贝拉。她看起来和离开圣卢时一模一样。她的衣服其实很破烂，不过有经过剪裁且符合潮流，虽然破旧，穿在她身上却很自在又出色。她的头发仍是一头非常有光泽的及肩长发。她的脸很美、平静而端庄。我觉得她和那个屋子没有任何关系。她身在其中，就如同她有可能身在沙漠里,或是在船的甲板上一样。这里不是她的家,只是一个当下她正好在的地方。

她凝视了我一会儿,然后跳了起来,一副又惊又喜的样子,伸出双手朝我走来。我发现加布里埃尔并未告诉她我在萨格拉德的事,我想知道他为什么不说。

她的双手深情地握住我的手。她抬起头亲了我。

"休,真好。"

她没有问我怎么会在萨格拉德。她最后一次看到我的时候,我仍在躺椅上动弹不得,而她却没有对我现在可以走路这件事表示意见。她只关心她的朋友来了,而且她很高兴看到我。她真的是我的伊莎贝拉。

她帮我找了一张椅子,并拉到她的座椅旁边。

"唔,伊莎贝拉,"我说,"你在做什么?"

她的回答很有她的特色。她立刻给我看她的刺绣。

"我三个星期前开始做的。你喜欢吗?"

我接过那件作品,它是块正方形的老旧丝绸,颜色是细致的鸽灰色,稍微有点褪色,摸起来非常柔软。伊莎贝拉在上面绣了深红色的玫瑰、桂竹香和淡紫色花丛的图案。非常美丽的作品,十分精致,做工精美。

"很好看,伊莎贝拉,"我说,"非常好看。"

我和从前一样,感觉到围绕着伊莎贝拉的那种奇妙的童话故事特质,有个受困的少女正在怪物的塔楼里刺绣。

"很美,"我说,把刺绣还给她。"但这个地方糟透了。"

她很随意地看了看周遭,几乎有点惊讶地瞥了一眼。

"对,"她说,"我想你说得对。"

就这样,没别的了。我想不透……伊莎贝拉总是让我困惑不已。我明白周围的环境对伊莎贝拉来说不大重要,她没有在想这件事,周围的东西对她的意义,差不多就和火车的装潢与摆饰对一个有重要旅程的人的意义一样。这个地方只是碰巧是她此刻的所在之处。如果有人问时,她会同意这不是个好地方,不过她对这个事实没什么兴趣。

她对刺绣有兴趣得多了。

我说:"我昨晚遇到约翰·加布里埃尔。"

"真的吗?在哪里?他没有告诉我。"

我说:"所以我才有你的住址。他请我来看看你。"

"我真高兴你来了。喔,我好高兴!"

真让人兴奋啊!我的出现带给她的喜悦如此强烈。

"伊莎贝拉,亲爱的伊莎贝拉,"我说,"你还好吗?你快乐吗?"

她看着我,好像不大确定我的意思。

"这一切,"我说,"和你一直以来的习惯如此不同。你想不想放下这一切……跟我回去?去伦敦,如果不回圣卢的话。"

她摇摇头。"约翰在这里有事做。我不知道究竟是什么事……"

"我想要问你的是,你和他在一起快乐吗?我认为你不会……如果你犯了可怕的错误，伊莎贝拉，别为了尊严而不愿承认。离开他吧。"

她低头看着她的作品。很奇怪，一抹微笑在她的唇边盘旋。

"喔，不，我不能那么做。"

"你这么爱他吗，伊莎贝拉？你……你和他在一起真的快乐吗？我会这么问是因为我非常在乎你啊。"

她严肃地说："你说的快乐……是说像我在圣卢的那种快乐吗？"

"对。"

"没有，我当然没有……"

"那就抛下这一切，跟我回去，然后重新开始。"

她又一次露出古怪的笑容。"噢，不，我不能那么做。"

"毕竟，"我说，有些不好意思，"你没有嫁给他。"

"没有，我没有结婚……"

"你不觉得……"我感到有点不自在、有些尴尬，很明显这些都是伊莎贝拉所没有的感觉。不过，我还是得了解这两个奇怪的人之间的状况。"你们为什么没结婚？"我厚着脸皮问。

她并没有生气。我反而觉得这个问题对她来说是第一次出现。为什么她和加布里埃尔没有结婚？她静静坐着、思考着，扪心自问为什么。

然后她带着怀疑，有点困惑地说："我认为约翰……不想娶我。"

我试着不让怒气爆发。"他当然想啊，"我说，"没有理由让你们不结婚吧？"

"没有。"她的口气有点怀疑。

接着又缓缓地摇摇头。"不对，"她说，"完全不像那样。"

"什么不像那样？"

她慢慢吐出一字一句，脑海里一边回溯着过去的事。

"我离开圣卢的时候……不是不嫁给鲁珀特而要与约翰结婚。他想要我和他一起走，于是我就跟他离开了。他没说过要结婚，我不认为他想过这件事。这一切……"她稍微动了动双手。我猜想"这一切"指的不是实际的屋子、肮脏的环境，而是他们共同生活中稍纵即逝的特质。"这不是婚姻。婚姻是完全不一样的东西。"

"你和鲁珀特……"我开口。

她打断我，显然因为我了解她的意思而松了一口气。

"对，"她说，"那就会是婚姻。"

我很好奇，那么她认为她和加布里埃尔的生活是什么？我不想直截了当地问。

"伊莎贝拉，告诉我，"我说，"你对婚姻的理解究竟是什么？婚姻对你有何意义？除了纯粹法定的意义之外。"

这让她很仔细地想了想。

"我想那代表成为某个人生命的一部分……融入、各就各位……而那就是你名正言顺的位置，你归属的地方。"

我了解到，婚姻对伊莎贝拉而言有种结构上的意义。

"你的意思是，"我说，"你无法分享加布里埃尔的人生？"

"没办法。我不知道要怎么做。要是我知道就好了。你知道……"她将修长的双手向前一摊，"我对他一无所知。"

我很感兴趣地盯着她。我认为她的直觉非常正确，她一点都不了解加布里埃尔，从来就不了解他，不管和他在一起有多久。然而我也看得出来，这件事可能不影响她对他的感情。

而他，我突然想到，也是如此。他像个买了（应该说是掠夺）一件昂贵又精致工艺品的人，却对这个精巧结构背后的科学原理完全没有概念。

我慢慢地说："只要你没有不快乐就好。"

她回看着我，眼神空洞，视而不见。她要不是故意隐藏答案，就是她自己也不知道答案。我认为是后者。她正在经历一段深刻而强烈的经验，而她没办法为我清楚定义出那是什么。

我温和地说："你要我替你问候在圣卢那些你所挚爱的人吗？"

她非常平静地坐着，泪水涌出，然后流了下来。

那不是忧伤的泪水，而是思念的眼泪。

"伊莎贝拉，如果能让时间倒转，"我说，"如果你可以重新选择一切，你还会再做同样的决定吗？"

也许我很残忍,但我必须知道、必须确认。

可是,她不理解地看着我。"一个人真的有选择吗?对于任何事?"

嗯,这见仁见智。或许,对于像无法体会到还有其他选项的伊莎贝拉这种毫不妥协的现实主义者来说,人生比较简单一点。不过我现在相信,做选择的时刻将要来临,而伊莎贝拉会明确地做出抉择,而且完全知道走这条路就是个选择,并且优于其他选项。不过时候未到。

就在我站着注视伊莎贝拉的时候,我听见跌跌撞撞上楼的脚步声。加布里埃尔大力推开门,摇摇晃晃地走进来,样子实在很难看。

"哈啰,"他说,"这里还好找吗?"

"很好找。"我简短地说。

打死我我也没办法再说下去。我走到门口。

"抱歉,"我咕哝着说,"我得走了……"

他稍微站开让我通过。

"嗯,"他脸上出现一种我不理解的表情,"不要说我没给你机会……"

我不大明白他是什么意思。

他继续说:"明天晚上和我们一起到格里斯餐厅吃饭吧,我要办个派对。伊莎贝拉会希望你过来,对不对,伊莎贝拉?"

我回头看她。她庄重地对我微笑。

"对，你一定要来。"她说。

她的脸非常平静而且镇定。她正在抚平并整理手上的丝绸。

我在加布里埃尔的脸上看到一种我无法解释的表情，可能是走投无路。

我快步走下那恐怖的楼梯——以一个瘸子能够行走的快步。我想到外面阳光下，离开加布里埃尔和伊莎贝拉这奇怪的组合。加布里埃尔变了……变得更糟了。伊莎贝拉则一点也没变。

在我困惑的脑海里，我感觉到这其中必然有什么意义——如果我找得到的话。

第二十五章

有些恐怖的记忆你可能永远也无法磨灭,在格里斯餐厅那个恶梦般的晚上就是其中一个例子。我相信,举办这个派对完全是为了满足加布里埃尔对我的敌意。在我眼里,那是个声名狼藉的派对,加布里埃尔介绍他在萨格拉德的朋友和伙伴给我认识,而且伊莎贝拉就在其中。那些男男女女应该是她最好永远不要见到的人,里面有醉汉、性变态者、装扮俗丽的荡妇以及生了病的吸毒者,一切都很卑鄙、下流,而且堕落。

他们完全无法靠艺术天分获得救赎,即使这种情形很容易出现。这里没有作家、音乐家、诗人或画家,甚至连个妙语如珠的人都没有。他们是大都会世界里的残渣,他们是加布里埃尔挑选的，仿佛是故意要展现出他有多下流。

我因为伊莎贝拉而气急败坏，他竟然敢把她带进这样一群人里？

我看着她，接着我的愤恨消退了。她没有试图回避，没有厌恶的表情，更没有表现出任何企图掩饰困境的焦虑。她静静坐着，面带微笑，同样是像卫城石雕女子那样的笑容。她端庄有礼，不受这群人的影响。我看到他们对她起不了作用，一如她所住的污秽寓所无法影响她一样。我想起很久以前问她是否对政治有兴趣时她所给的答复，那时候她神情茫然地说："那是我们会做的事情之一。"今晚，我猜测也将是同样的类型。倘若我问她对这个派对的感觉，她会用同样的语气说："这是我们会办的那种派对。"她一点也不气恼地接受了，而且没有什么特别的兴趣，这就是加布里埃尔选择要做的事情之一。

我看着在桌子对面的她，她微笑以对。我为她感到的痛苦与忧虑根本没有必要。一朵花在一坨粪堆上依然可以像在其他地方一样绽放，也许还开得更美，因为你注意到它是一朵花……

我们一起离开餐厅时，几乎所有人都喝醉了。

就在我们要穿过街道时，一辆大车无声无响地从黑暗中开了过来，差点就撞上伊莎贝拉，但她及时跳上人行道。车子呼啸而过时，我看到她惨白的脸以及眼中明显的恐惧。

在这种时候，她还是会显露出她的脆弱。人生中的各种变化都无力影响她，她可以勇敢面对人生，却无法面对死亡，或者死亡的威胁。即便现在危险已经过去，她仍旧脸色惨白颤抖着。

加布里埃尔大叫："天啊，差点就撞到了。伊莎贝拉，你还好吗？"

她说："喔，我很好！我没事。"

但她的声音里依然带着恐惧。她看着我说："你看，我还是一个懦弱的人。"

没什么好说的了。在格里斯餐厅的那晚，是我最后一次见到伊莎贝拉。

悲剧一如往常般在无预警的情况下降临。

正当我在想是否再去探望伊莎贝拉、或是写信、或是直接离开萨格拉德不去找她的时候，加布里埃尔跑来见我。

我不能说我注意到他外表上有任何不寻常之处，或许是一种紧张的兴奋，也可能是紧绷的状态，我不知道……

他很平静地说："伊莎贝拉死了。"

我盯着他。起初我无法理解，我觉得这不可能是真的。

他看出我不相信他所说的。

"噢，是的，"他说，"是真的。她中了枪。"

我终于能开口说话了，一阵灾害降临、彻底失去一切的冰冷感觉在我身上散开。

"中了枪？"我说，"中了枪？她怎么会中枪？怎么发生的？"

他告诉了我。他们当时一起坐在我之前遇到他的那家酒吧。

他问我:"你看过斯托蓝诺夫的照片吗?你觉得他有没有什么地方和我很相似?"

斯托蓝诺夫是当时斯洛伐克的独裁者。我仔细看看加布里埃尔,发现他们俩的脸长得非常相像,当他的头发凌乱地散在前额而盖住脸时,相似度就更高了,而他经常是这副模样。

"发生了什么事?"我问。

"一个该死的笨蛋学生以为我是斯托蓝诺夫,他身上有把左轮手枪。他快速穿过酒吧,一边大叫:'斯托蓝诺夫!斯托蓝诺夫!我终于逮到你了。'我没时间采取任何行动。他开了枪,没有打中我,但打中了伊莎贝拉……"

他停了下来。接着又说:"一枪毙命。子弹穿过她的心脏。"

"天啊,"我说,"而你却什么也没做?"

他竟然什么都没做,这对我来说很不可思议。

他脸红了。

"没有,"他说,"我没办法做任何事……我在桌子后方背对着墙,没有时间可以采取任何行动……"

我沉默不语,依然感到惊愕……我僵住了。

加布里埃尔坐在那里看着我,仍然没有表现出任何情绪。

"这就是你带给她的。"我最后说。

他耸耸肩。"对,如果你要这样说的话。"

"因为你,她才会在那间污秽的屋子、在这个污秽的镇上。要不是你,她会……"

我停了下来。他替我说完那句话。

"她会成为圣卢夫人,住在海边的城堡里,和表里不一的丈夫住在华而不实的城堡,腿上也许还坐了一个不切实际的小孩。"

他口气中的冷嘲热讽令我抓狂。

"老天,加布里埃尔,"我说,"我想我应该永远不会原谅你!"

"有意思!诺里斯,不管你是不是原谅我。"

"你到底来这里做什么?"我愤怒地问,"为什么来找我?你想要干什么?"

他平静地说:"我希望你把她带回圣卢……我想你做得到。她应该葬在那里,而不是在这个不属于她的地方。"

"没错,"我说,"她不属于这里。"我看着他。在痛苦之际,我开始感觉到一股好奇。

"你为什么把她带走?这一切背后的想法是什么?你这么想要她吗?足以抛下你的事业、所有你这么重视的东西?"

他又耸了耸肩。

我愤怒地大吼:"我不懂!"

"不懂?你当然不懂。"他的声音吓了我一跳,沙哑而刺耳。"你永远不会明白任何事情。你知道什么叫折磨吗?"

"我很清楚。"我说,感觉深深被刺痛了。

"不,你不懂。你不知道什么是折磨,真正的折磨。你不了解,我从来不知道(一点也不知道)她在想什么……我从来没办法和她谈话,我告诉你,为了击垮她,我什么都做过了,所有一切。我让她身陷泥淖,到那些龙蛇杂处的地方,但我认为她连我在做什么都不知道!'玷污不了她,也吓不跑。'伊莎贝拉就是那样。很可怕,我告诉你,很可怕。争吵、泪水、反抗,才是我一直以来所想象的。我是赢家,可是我没有赢;遇到一个连正在作战都不知道的人,你就是没办法赢。而且我无法和她谈话,我从来没能和她谈谈。我喝到麻痹、嗑药、找女人……对她都起不了作用。她就是缩着双腿坐在那里绣花,有时还会哼起歌来……她可能还活在她海边的城堡,还在那该死的童话故事里,她把那个故事带到这里了……"

他不知不觉变成使用了现在式[①]。但他突然停了下来,跌坐到一张椅子上。

"你不懂,"他说,"你怎么会懂呢?嗯,我被打败了。我得到她的身体,却从来不曾拥有过她其他任何东西。现在她的身体也逃离我了……"他站了起来。"把她带回圣卢去。"

"我会的,"我说,"加布里埃尔,愿神宽恕你对她的所

---

① 原文中从"对她都起不了作用"开始变成用现在式。

作所为！"

他转向我。

"我对她做了什么？那她对我做的呢？诺里斯，你这个自以为是的家伙有没有想过，从我第一次见到这女孩时就饱受折磨？我没办法跟你解释，光是见到她就对我起了什么样的作用，我到现在还是不明白，就好像把辣椒粉抹在伤口上。我人生中想要和在意的一切，似乎都结合在她身上。我知道我粗俗、卑鄙、肉欲，但在遇到她之前，我都不以为意。

"她伤了我，诺里斯。你懂吗？从来没有任何事物像她那样伤害过我。我得毁了她，把她拖到我的高度。你不懂吗？不，你不懂！你什么都不懂。你不会了解。你蜷在那个窗边座位上，仿佛人生是一本书，而你是读者！我身在地狱，我告诉你，'在地狱'。

"一次，只有一次，我以为我有脱身的机会，一个可以逃离的漏洞，就是在那个可爱又愚蠢的小女人逃到国王旅店、妨碍了选战的时候。那代表选举输了，而我也败了。米利·伯特在我手上。她那个粗暴的丈夫会和她离婚，我会做我该做的，把她娶回家，如此一来我就安全了，不用像这样着了魔似的饱受这可怕的折磨……

"然后她，伊莎贝拉，插手了这件事。她不知道她对我做了什么。我得继续下去！没得逃了。我一直希望可以撑过去，甚至还买了结婚礼物给她。

"唉，可是没用。我没办法坚持下去。我必须拥有她……"

"而现在，"我说，"她死了……"

这次，他把最后一句话让给了我。

他很轻柔地复述着我的话："而现在，她死了……"

他转过身，走出房间。

第二十六章

那是我最后一次看到约翰·加布里埃尔。我们愤怒地在萨格拉德分道扬镳之后,就再也没有见过面。

我费了些工夫,安排好将伊莎贝拉的遗体带回英格兰。

她被葬在圣卢海边的一个小墓园。葬礼之后,我和三位老太太回到她们那栋维多利亚式的小房子,她们感谢我把伊莎贝拉带回来……

过去的两年里,她们苍老许多。圣卢夫人愈来愈像老鹰了,皮肤薄到都看得见骨头了。她看起来好虚弱,以至于我以为她随时可能离开人世,不过事实上,她后来又活了很多年。崔西莉安夫人更胖了,而且气喘得很厉害。她轻声告诉我,她非常喜欢鲁珀特的妻子。

"非常实际的女孩,又很聪明。我确定他们很快乐。当然不是像我们曾经梦想的那样……"

她热泪盈眶,喃喃地说:"喔,为什么?为什么一定要发生这种事?"

那是我脑海中反复出现、不曾间断的回音。

"那个邪恶、邪恶的男人……"她继续说。

三位老太太和我一起为去世的女孩伤心,并憎恨着约翰·加布里埃尔。

查特里斯太太的皮肤看来比以前更粗糙了。我最后和她们道别时,她问我:"你还记得伯特太太吗?"

"当然记得。她怎么了?"

查特里斯太太摇摇头。"我觉得很难过,她恐怕会把自己搞得很难看。你知道伯特后来怎么样了吗?"

"我不知道。"

"他有天喝醉酒摔到水沟里,头撞到石头就死了。"

"所以她现在是寡妇?"

"对。我听我在萨塞克斯的朋友说,她和附近一个农夫走得很近,打算嫁给他。那个男的名声不好,会喝酒,也有点粗暴。"

我心想,所以米利会重蹈覆辙……

有任何人从第二次的机会中获益吗?

隔天,我在前往伦敦的路上又想了更多。我在彭赞斯上了车,买了第一梯次用餐的午餐券。就在我坐着等候汤品时，我想了想珍妮弗的事。

我有时会从卡罗·斯特兰奇韦家那里听到她的消息。卡罗告诉我，珍妮弗非常不快乐，她让自己的生活复杂到不可思议的地步，不过她非常勇敢，卡罗说，让人忍不住要佩服她。

我想着珍妮弗，自己微微一笑。珍妮弗很可爱，但我没有要见她的冲动，对于和她再见面不怎么感兴趣。

人并不喜欢常常听同一张唱片……

于是，我终于回到特雷莎在伦敦的家，特雷莎让我好好说一说……

她听我痛骂约翰·加布里埃尔。我向她描述了在萨格拉德发生的事情，以伊莎贝拉在圣卢的坟墓作为结尾。

然后我沉默了片刻，仿佛听到大西洋的海浪打在岩石上的声音，并看到圣卢城堡在天空衬托下的轮廓……

"我猜我应该感觉到自己已经平静地将她留在那里，但是我没有，特雷莎。我心里充满抗拒。她太早死了，她曾经对我说过，希望可以活到非常老；她原本可以活到很老的。她非常坚强。我想这就是为什么我无法忍受，因为她的生命中断了……"

特雷莎在一个彩绘的大屏风前稍稍移动了一下。她说："你是用时间计算。可是时间不代表任何事情。五分钟和一千年同样重要。"她轻柔地念了一句诗："玫瑰盛开和紫杉翁郁的片刻，同样短长……"

（一朵深红色玫瑰绣在褪了色的灰色丝绸上……）

特雷莎继续说："休，你会坚持设计你自己的人生，并试图把其他人也放进去。可是他们也有自己的计划；每个人都有自己的构思。这就是人生为什么这么混乱的缘故，因为这些计划是编织出来、绣上去的。

"只有一些人天生就看得很清楚、知道自己的计划，我想伊莎贝拉就是其中之一……她很难理解（对我们而言），不是因为她很复杂，而是因为她很单纯，单纯得吓人。她只认定最必要的东西。

"你坚持要将伊莎贝拉的人生看成是中断的，遭到扭曲而变形、夭折的……不过我强烈感觉到，她的人生本身是圆满的……"

"玫瑰飘香的时节？"

"如果你要这么说的话，"她温柔地说，"休，你很幸运。"

"幸运？"我盯着她。

"对，因为你爱她。"

"我想我确实爱她。但我无法替她做任何事……甚至没有试着阻止她和加布里埃尔离开……"

"你没有，"特雷莎说，"因为你真的爱她。你对她的爱足以让你不去打扰她。"

我几乎有些不情愿地接受特雷莎对爱的定义。或许，同情一向是我的致命伤，我总是放纵自己如此；过去我就是靠着别人、靠着浅薄简单的同情来过日子，并温暖我的心。

然而至少在面对伊莎贝拉时，我收敛起这种怜悯。我从来没有试图要为她服务、帮她把事情弄得简单一点，或替她担起任何责任。在她短暂的生命里，她完完全全是她自己。怜悯是一种她不需要、也不会理解的情感，就像特雷莎说的，我对她的爱足以让我不去打扰她……

"亲爱的休，"特雷莎温和地说，"你当然爱她，你也因为爱她而一直非常快乐。"

"对，"我说，自己有点惊讶，"对，我一直非常快乐。"

接着我怒火中烧。

"但是，"我说，"我还是希望加布里埃尔这辈子会受到下地狱般的折磨，直到他去另一个世界都不会停止！"

"我不知道另一个世界的情况，"特雷莎说，"但是就这辈子来说，你的心愿已经达成了。约翰·加布里埃尔是我所知道最不快乐的人……"

"我猜你为他感到遗憾，不过我可以告诉你……"

特雷莎打断我的话，她说她不是为他感到遗憾，不只如此。

"我不知道你是什么意思。如果你曾在萨格拉德见过他……他只会谈他自己，连伊莎贝拉死了都无动于衷。"

"你不知道。我想你根本没有好好看过他，你从来没有好好看过人们。"

她这么说的时候，我突然惊觉我从来没有真正好好看过特雷莎。我在故事里甚至从没描述过她。

我看着她，有种像是第一次看见她的感觉……看到她高高的颧骨，以及盘起的一头黑发，看起来似乎需要用到头纱和多齿发梳。看着她气度不凡的样子，与她卡斯提尔的曾祖母一样。

看着她的那个片刻，我仿佛看到特雷莎少女时期实际的模样，热情洋溢又渴切，大胆地迈向人生。

我一点也不知道她在那里找到了什么……

"你为什么一直盯着我看，休？"

我缓缓地说："我在想，我从来没有好好看过你。"

"是没有，我想你不曾这么做。"她淡淡一笑。"嗯，那你看到了什么？"

她的笑容有点讽刺，口气里带着笑声，而眼神中有种我无法理解的东西。

"特雷莎，你总是对我非常好，"我慢慢地说，"但我不大了解你……"

"你是不了解，休，你一点都不了解。"

她突然站起身，把窗帘拉上，因为阳光太强了。

"至于加布里埃尔……"我开口说。

特雷莎语气深沉地说："把他交给神吧，休。"

"你说这话很奇怪，特雷莎。"

"不，我认为这么说是对的，我一直这么认为。"

她又说："或许有一天你会明白我的意思。"

终章

嗯，这就是我要说的故事。

关于一个我最初在康沃尔郡的圣卢认识的男人，以及最后一次在萨格拉德一个旅馆房间见到他的故事。

现在这个男人在巴黎一间屋子后方的卧房里，濒临死亡边缘。

"听着，诺里斯，"他的声音虚弱却很清晰，"你得知道在萨格拉德究竟发生了什么事。我那时候没告诉你。我想当时我并没有意识到这件事的意义……"

他停顿了一下，喘了口气。

"你知道她……伊莎贝拉……很害怕死亡吗？这世界还有其他东西比那个更让她害怕吗？"

我点头。是的，我知道。我记得她在圣卢的露台上看到那只已经死亡的鸟时，眼里透着那种无法控制的惊慌；我也记得她在萨格拉德要躲开车子时是怎么吓得跳了起来，还有她那张惨白的脸。

"那么你听好。听好，诺里斯，那个学生带着左轮手枪来找我，他距离我们只有几英尺远，他不可能打不中的，而我卡在桌子后面，动弹不得。

"伊莎贝拉一眼就看出接下来会发生的事。就在他扣下扳机的同时，她扑过来挡在我前面……"

加布里埃尔提高音量。

"你懂吗，诺里斯？她知道自己在做什么。她知道那代表死亡，她会死。她选择了死亡，为了救我。"

他的口气里浮现一丝暖意。

"我之前都不了解，直到那个时候。甚至在那个时候，我都还没明白这件事的意义，直到后来回想时才明白。你知道，我从来都不知道她是爱我的……我以为（我一直这么认为），我是靠感官才留住她的……

"但伊莎贝拉是爱我的。她爱我爱到愿意为我牺牲生命，即使她那么畏惧死亡……"

我回头想象：我在萨格拉德的酒吧里，看到那个狂热、歇斯底里的年轻学生，看到伊莎贝拉立刻警觉到并理解状况，还有她短暂的惊慌与恐惧……然后是她迅速的决定。我看到她扑上前，用身体保护加布里埃尔……

"所以就是这样结束的……"我说。

然而加布里埃尔撑着枕头坐了起来。他的眼睛,那双总是美丽的双眼睁得好大,声音既响亮又清楚,那是获胜的声音。

"噢,不对,"他说,"你错了!那不是结束,那是个开始……"

特别收录

玛丽·韦斯特马科特的秘密

罗莎琳德·希克斯（Rosalind Hicks，1919-2004）

早在一九三〇年，家母便以"玛丽·韦斯特马科特"（Mary Westmacott）之名发表了第一本小说。这六部作品（编注：中文版合称为"心之罪"系列）与"谋杀天后"阿加莎·克里斯蒂的风格截然不同。

"玛丽·韦斯特马科特"是个别出心裁的笔名，"玛丽"是阿加莎的第二个名字，韦斯特马科特则是某位远亲的名字。母亲成功隐匿"玛丽·韦斯特马科特"的真实身份达十五年，小说口碑不错，令她颇为开心。

《撒旦的情歌》于一九三〇年出版，是"心之罪"系列原著小说中最早出版的，写的是男主角弗农·戴尔的童年、家庭、两名所爱的女子和他对音乐的执著。家母对音乐颇多涉猎，年轻时在巴黎曾受过歌唱及钢琴演奏训练。

她对现代音乐极感兴趣，想表达歌者及作曲家的感受与志向，其中有许多取自她童年及一战的亲身经历。

柯林斯出版公司对当时已在侦探小说界闯出名号的母亲改变写作一事，反应十分淡漠。其实他们大可不用担心，因为母亲在一九三〇年同时出版了《神秘的奎因先生》及马普尔探案系列首部作品《寓所谜案》。接下来十年，又陆续出版了十六部神探波洛的长篇小说，包括《东方快车谋杀案》、《ABC谋杀案》、《尼罗河上的惨案》和《死亡约会》。

第二本以"玛丽·韦斯特马科特"笔名发表的作品《未完成的肖像》于一九三四年出版，内容亦取自许多亲身经历及童年记忆。一九四四年，母亲出版了《幸福假面》，她在自传中提到：

"……我写了一本令自己完全满意的书，那是一本新的玛丽·韦斯特马科特作品，一本我一直想写、在脑中构思清楚的作品。一个女子对自己的形象与认知有确切想法，可惜她的认知完全错位。读者读到她的行为、感受和想法，她在书中不断面对自己，却自识不明，徒增不安。当她生平首次独处——彻底独处——约四五天时，才终于看清了自己。

"这本书我写了整整三天……一气呵成……我从未如此拼命过……我一个字都不想改，虽然我并不清楚书到底如何，但它却字字诚恳，无一虚言，这是身为作者的至乐。"

我认为《幸福假面》融合了侦探小说家阿加莎·克里斯蒂的各项天赋，其结构完善，令人爱不释卷。读者从独处沙漠的女子心中，清晰地看到她所有家人，不啻一大成就。

家母于一九四八年出版了《玫瑰与紫杉》，是她跟我都极其喜爱、一部优美而令人回味再三的作品。奇怪的是，柯林斯出版公司并不喜欢，一如他们对玛丽·韦斯特马科特所有作品一样地不捧场。家母把作品交给海涅曼（Heinemann）出版，并由他们出版她最后两部作品：《母亲的女儿》（一九五二）及《爱的重量》（一九五六）。

玛丽·韦斯特马科特的作品被视为浪漫小说，我不认为这种看法公允。它们并非一般认知的"爱情故事"，亦无喜剧收场，我觉得这些作品阐述的是某些破坏力最强、最激烈的爱的形式。

《撒旦的情歌》及《未完成的肖像》写的是母亲对孩子霸占式的爱，或孩子对母亲的独占。《母亲的女儿》则是寡母与成年女儿间的争斗。《爱的重量》写的是一个女孩对妹妹的痴守及由恨转爱——而故事中的"重量"，即指一个人对另一人的爱所造成的负担。

玛丽·韦斯特马科特虽不若阿加莎·克里斯蒂享有盛名，但这批作品仍受到一定程度的认可，看到读者喜欢，母亲很是开心，也圆了她撰写不同风格作品的宿愿。

（柯清心译）

——本文作者为阿加莎·克里斯蒂独生女。原文发表于 *Centenary Celebration Magazine*。